木宮条太郎

水族館ガール7

実業之日本社

実業之日本社文庫

contents

主な登場人物・イルカ&用語集

嶋由香……アクアパーク・イルカ課担当。運営母体の千葉湾岸市から出向し、一年後、同館に転籍。

梶良平……アクアパーク所属。由香の先輩。館長直属にて、海遊ミュージアムとの姉妹館プロジェクトに従事。二館共通の運営ガイドラインを作成中。

兵藤（ヒョロ）……アクアパーク・イルカ担当。高校を中退してアクアパークに入館。

岩田……アクアパーク・海獣グループ統括チーフ。

磯川……アクアパークの嘱託獣医。同館の元職員。

吉崎……アクアパーク・マゼランペンギン担当。

浦……アクアパーク・ウミガメ担当。

倉野……アクアパーク管理部課長。魚類展示グループ課長を兼務。

今田修太……アクアパーク・魚類展示グループ担当。

内海……アクアパーク館長。

ニッコリー（X0）……アクアパーク生まれの子イルカ。オス。

ルン（F3）……アクアパークのバンドウイルカ。メス。

勘太郎（B2）……アクアパークのバンドウイルカ。オス。

奈良岡咲子……海遊ミュージアム企画室担当。由香の高校時代の後輩。姉妹館プロジェクト推進のため、アクアパークへ派遣された経歴を持つ。

鬼塚……海遊ミュージアム飼育部門総責任者（チーフ）

井達（イタチ）……ウェストアクア（運営母体の一つ）の事業監査室長。

水族……水棲生物のこと。

海獣……海にすむ哺乳類等のこと。イルカやアシカなど。

給餌……飼育水族に餌を与えること。

アクアパーク……千葉湾岸地区にある中規模水族館。千葉湾岸市とウェストアクアの官民共同運営に移行。ウェストアクアを通じ、海遊ミュージアムとは姉妹館となる。

海遊ミュージアム……従前の呼称は関西水族館。日本有数の規模と歴史を誇る名門。アクアパークに先立ち、自治体とウェストアクアの官民共同運営に移行。

ウェストアクア……水族館部門を有する中堅設備会社。海遊ミュージアム及びアクアパークの運営に参画。

前巻までのあらすじ

嶋由香は元千葉湾岸市職員。アクアパークへの出向を機に転籍。以来、多くの水族に接してきた。イルカ、ラッコ、ペンギン、マンボウ、ウミガメ、アシカ――葛藤と試練が続く。そのたびに、由香は思い悩んで試行錯誤。その傍らには先輩である梶良平がいた。二人は次第に互いへの思いを深めていく。

そして、昨夏、由香は入館以来、最大の試練に直面する――『イルカ出産プロジェクト』。一年弱の妊娠管理をへて、赤ちゃんは無事に産まれてきた。しかし、その喜びは新たなステージの始まりでもあった。

水族館ガール7

プロローグ

ルン、がんばって。

由香《ゆか》は夢を見ていた。

夢の舞台はイルカプール。自分は固唾《かたず》を飲んで、プールを見つめていた。ルンの周囲には血煙が漂っている。出産の兆候――破水だ。イルカは、通常、尾ビレ側から産まれ出る。頭側からならば逆子《さかご》出産だ。危険性は一気に高まる。

最初に見えるのは、頭か、尾ビレか。

夢の中の自分は拳《こぶし》を握りしめ、声援を送った。がんばれ。がんばれ。がんばれ。血煙が揺らぐ。何か、見えた。半月状のもの――頭ではない。

よし。赤ちゃんの尾ビレだ。

安堵《あんど》の息が漏れ出た。もう逆子出産の危険は無い。あとは、赤ちゃんが産まれ出てくるのを待つだけ……なのだが、事は簡単には進まない。赤ちゃんは出たり入ったりを繰り返している。真ん中辺りで体がつかえ、それ以上、出てこれないらしい。産まれかけの状態で揺れている。母であるルンと一緒に。

がんばれ、ルン。がんばれ、赤ちゃん。

時間だけが過ぎていく。手に汗が滲んだ。背にも滲む。その時、カメラが臍帯《さいたい》をとらえた。よじれて、圧迫されている。臍帯は別名『ヘソの緒』――母と子をつなぐ命綱なのだ。出産が終わる前に切れてしまえば、赤ちゃんの命は危うい。

「息《いき》んで、ルン」

血煙の中で、ルンはひねるように一回転した。大きく身をくねらせる。それを受けて、小さな尾ビレが動いた。激しく上下に。そして、一気に泳ぎ出た。

赤ちゃん、出た。

赤ちゃんの行方を目で追った。イルカは肺呼吸する生き物。一刻も早く呼吸せねばならない。赤ちゃんは激しくヒレを動かしている。だが、泳ぐ方向は定まらない。暴走だ。その先には壁しか無い。だめだ、ぶつかる……。

大きな影が赤ちゃんの前を横切った。

「ニッコリーッ」

赤ちゃんはニッコリーをよけて、水面へと浮上していく。水面近くで、激しく身をくねらせた。大量の泡が湧き上がる。そして、四方八方に水しぶき。

よし。初呼吸だ。

夢の中で、自分は思わずガッツポーズをした。

「良かったね、ルン」

しかし、夢の中のルンは嬉《うれ》しそうにしていない。なにやら浮かない態度で泳いでいた。そして、泳ぐのをやめ、寂しげな顔付きで自分の方を見る。

どうしたの？

ルンは力無く頭を振った。身をひるがえすと、赤ちゃんをおいて、単独で泳いでいく。遠くへ、遠くへ。なぜか、夢の中のプールには境が無い。ルンは遠ざかっていき、ついには豆粒のような姿になってしまった。

「どこにいくの、ルン」

呼びかけても、ルンは止まろうとしない。赤ちゃんはルンを追おうとした。だが、まだ産まれたばかりなのだ。泳ぐこともままならない。赤ちゃんはルンを見つめ、弱々しく鳴いた——ぴゅう。

「心配しないで。今、何とかするから」

何とかって、何をすればいい？

自分には経験が無い。知識も無い。イルカの出産なんて、初めてなのだから。こうなれば、助けを呼ぶしかない。誰か来て。ルンが……赤ちゃんが……。誰でもいい、早く。早く来てっ——


「早く来てっ」

由香は自分の声で目を覚ました。

周囲は薄暗い。ベッドは狭い。少し動くだけで、きしんで音を立てる。自分の部屋ではない。身を起こそうとしたとたん、傍らで豪快な音がした——ガァ。

いびきだ。

「早く来て……って言われても」

隣のベッドで、吉崎《よしざき》姉さんが眠っていた。

「メシ食うてからな」

姉さんは寝言のあとも、口をもぐもぐと動かしている。

改めて身を起こし、室内を見回した。周囲には何台もの簡易ベッド。奥には会議用パイプイスと伝票箱の山。元は倉庫だった姿を留めている。

「そうか、仮眠室」

頭の中に、昨日の出来事がよみがえってきた。

ルンが破水したのは昨日夕刻のこと。大勢のスタッフが見守るなか、元気な赤ちゃんが産まれてきた。自分は先輩と一緒に初授乳を目撃。あとを先輩に託し、この仮眠室へと来たのだ。いろいろとあったが、今のところは順調にきている。なのに。

「どうして、あんな夢、見たんだろ」

それにしても情けない。夢の中とはいえ、「誰か」なんて叫んでしまった。イルカ担当は自分なのだ。ルンと赤ちゃんは、まず自分が守らねば。

両頰を手で叩いた。気合いを入れ直して、目を壁の時計へ。

時刻は朝六時。

先輩との当番交代は、朝七時の予定。まだ早いが、ルンと赤ちゃんが気にかかる。のんびりとは寝ていられない。姉さんを起こさぬように、そっと簡易ベッドから出た。

そして、廊下へ。

まぶしい。

廊下突き当たりの窓から、朝日が差し込んでいた。赤ちゃんにとって、初の朝が来たのだ。自分にとっても、赤ちゃん担当として初の朝。共に歩む日々が始まる。

「第一日目、開始」

窓を見据える。由香は朝日に向かって、足を踏み出した。

第一プール『ホ』のデータ

１

初夏の朝霧がきらめいている。先輩はアクリル壁前の長机で、イルカプールをのぞき込んでいた。右手には、なぜか、ストップウオッチがある。

由香は梶《かじ》に声をかけた。

「先輩、何、してるんですか」

返事無し。振り向こうともしない。仕方なく、プールサイド脇の階段を降りて、アクリル壁前の通路へ。傍らで、もう一度、尋ねた。

「どうして、ストップウオッチ？　ルンと赤ちゃんに、何か」

それでも、先輩は答えない。が、突然、「よし」とつぶやき、腕を振った。停めたストップウオッチへと目をやる。

「四秒三。こんなもんか」

「あの、何が四秒三？」

「赤ちゃんが母乳を飲んでいる時間だよ。返事しなくて、悪かったな。いったん計り始めると、目を離すわけにはいかないんだ」

「あの、どうして、時間なんか」

「ちょっと待て。取りあえず、データを書き留めなくちゃならない」

先輩はストップウオッチを置き、記録用紙の書類バインダーを手に取った。何やら書き込む。そして「見てみるか」と言い、バインダーを差し出した。

「七時からは、お前もデータをとらなくちゃならない」

ウオッチ当番はルンと赤ちゃんの観察が仕事。データと言われても、何のことやら分からない。首を傾げつつ、書類バインダーを手に取った。

『海産哺乳《ほにゅう》類　哺育《ほいく》状況記録票』

用紙には三つの数値が書き込まれていた。左端には授乳時刻。真ん中には授乳にかかった秒数。そして右端には前回との時間間隔。

数値の列に目を走らせていく。

『五時三十九分、授乳四秒一、間隔二十分』

『五時五十七分、授乳三秒八、間隔十八分』

実に細かい。ずっとプールを見ていなければ、記録しようがない数値だ。

「いろんなやり方があるんだけど、アクアパークでは、こうやって授乳を記録してる。で、二十四時間ごとに集計して、改めて、全体の流れを確認。観察者によってブレがでないよう、極力、数値で確認するようにしてるんだ」

「あの、どうして、こんなに細かく」

「目視による観察だけだと、授乳がうまくいってるかどうか、よく分からないんだよ。イルカの授乳は短い。一回あたりは秒単位。産まれたばかりだと、十秒を越えることは、まず無い。平均すると、四秒から五秒くらいかな。それを何度も繰り返すんだ。きちんと計測していないと、それは分からない」

なるほど。

「ちびりちびりと、ずっと飲んでいる――イルカの赤ちゃんって、そんなイメージだよ。だから、一回あたりの時間と、その頻度《ひんど》が、すごく重要になる」

「それで、記録を？」

先輩はうなずいた。

「具体的に言うと、『一回あたりの授乳秒数』と『授乳と授乳の時間間隔』をデータとして残してるんだ。ちなみに、このデータから計算できる『授乳秒数の一日分総計』も重要かな。これって、いわば、『一日で飲んだ乳の量』のことだから。こういったデータを組み合わせて、状況を判断していく」

頭がくらくらしてきた。だが、落ち着いて考えてみれば、分からない話ではない。どうやら、まだまだ、気を抜くような状況ではなさそうだ。

「分かりました。私もばっちり計ります。高校の頃、私、よくダッシュの計測係をやらされてたんです。ストップウオッチを使うの、得意なんで」

「早がてんするな。今、言ったデータは重要だけど、弱点もある。数値で確認してると、どうしても対応が遅れてしまう。生き物の異変は、まず態度に出る。特にイルカの場合は泳ぎ方だな。これは数値化しづらい。だから、目視確認で追っていくしかない。結局、客観性と主観性、両方が大事なんだ」

先輩はイルカプールを指さした。そこにはルンと赤ちゃん。赤ちゃんはルンに付き添われつつ、泳いでいる。

「まずは、赤ちゃんの体つき。定期的に写真に撮って、記録しておくといいな。それに、なんと言っても、泳ぎ方。どんなふうに泳いでいるか、目に焼き付けとかないと」

赤ちゃんに目を凝らした。

背ビレが旗のように揺らめいている。いかにも頼りなげな印象だ。その泳ぎは明らかに、ぎこちない。懸命なのだが、どうにも、ちぐはぐ。ルンが付き添っているとはいえ、あの泳ぎでは……。

「先輩、あれで大丈夫なんですか」

「大丈夫って、何が」

「あんな泳ぎ方じゃ、そのうち、ルンに付いていけなくなるんじゃ。置いてけぼりにされるんじゃないかと」

「それは無いな。あの位置なら」

「あの位置？ルンが気遣ってくれるってことですか」

「それもある。だけど、それより」

先輩は言葉に窮《きゅう》したように頭をかく。突然、思いもせぬ言葉を口にした。

「流体力学って、知ってるか」

「へ？」

「説明が難しいな。たとえば……『水道の蛇口をひねって水を出した』ところを想像してみてくれ。その水に箸《はし》を近づけると、どうなる？　箸は水に引き寄せられるだろ」

「あの、それって、当たり前のことですよね」

「その通り。当たり前。物理学の法則だから。流れの速い所の圧力は、低くなる。その結果、そこに周囲のものが引き寄せられる」

何が何やら分からない。怪訝《けげん》な顔をしていると、先輩は説明を追加した。

「ルンが泳ぐだろ。すると、その水流が起こるよな。その水流へと、周囲のものが引き寄せられるわけだ。この時、ルンの周囲にあるものって、何だ？　赤ちゃんだよ。つまり、赤ちゃんはルンに引き寄せられる。だから、自分の力をあまり使わなくとも、楽に泳げるわけで……」

先輩は言葉を途中で飲み込んだ。プールを見つめて、「見ろ」とつぶやく。ストップウオッチを手に取り、身構えた。

「授乳するぞ。時間を数えてみろ」

慌てて先輩の視線を追った。

アクリル壁の端の方で、ルンが漂っている。既に、おなかの下に赤ちゃんがいた。赤ちゃんは口先をルンのおなかへ。一緒に漂い、ゆったりと揺れる。おごそかで、美しい。が、見とれてはならない。胸の内で秒を数えた。一秒、二秒……四秒。五秒を数えぬうちに、口元の周りが白濁する。赤ちゃんは口を離してしまった。

先輩がストップウオッチを振る。

「四秒五だな。前回との間隔は十二分」

「先輩、白く濁ったのは、なぜ？」

「母乳が漏れたんだよ。赤ちゃんが舌を丸めて母乳を吸うんだけど、口を離した時に、少し漏れ出ることがある。その時に周囲の水が少し濁る」

先輩は手を差し出した。

「書類バインダーをかしてくれ。データを書かないと」

バインダーを先輩へ。先輩は、早速、先程の授乳データを書き込んでいく。横から、もう一度、記録用紙を見てみた。上部の欄には赤ちゃんの正式名称。『X1』と書かれている。だが、その横の欄は空白になっていた。

『性別』

「先輩、性別のところ、空欄なんですけど」

「そこは、まだ書き込めない。赤ちゃんの性別は、一見しただけでは分からないから。見分けるポイントは大人のイルカと同じ。分かるだろ」

「ええと」

　由香はイルカの体を思い返した。

「おなかの真ん中から尾ビレの近くにかけて、縦にシワみたいなのが三つあって……メスの場合、これ以外に、左右に短いシワがあります。名前は乳溝《にゅうこう》」

　まさしく先程、赤ちゃんが吸い付いていたところだ。だが、そうすると。

「おなかの裏側だから、見えないですよね」

「だから、赤ちゃんの性別って、すぐには分からないんだよ。ただ、授乳の際、赤ちゃんが体を傾ける時がある。その時を見逃さず、乳溝の有る無しをチェック。その時が来るのを待つしかない。けれど、あの泳ぎを見てると」

　先輩は赤ちゃんを見つめた。

「なんとなく、オスのような気がするな」

「あの、どうして？」

「単なる勘だよ。どことなく、やんちゃ坊主って感じがしないか」

　自分も赤ちゃんを見つめた。確かに、そんな気がしないでもない。けれど、どちらかと言えば……。

「やんちゃ坊主って言うより、おてんばって感じですね。きっと、女の子です」

「お前には、分からないんだよ。俺もオス、赤ちゃんもオス。オス同士、伝わってくるものがあるんだ。この勘はきっと当たる」

「ちょっと待った。客観性はどこへ」「さっき言ったろ、主観性も大事だって」

「なんだか、都合、良すぎませんか」「臨機応変。自信はある。賭けてもいい」

「じゃあ、勝負。私は絶対、女の子」「男の子だって、絶対に。俺の勝ちだな」

そんなわけない。先輩と鼻息荒く向かい合う。

プールサイドから声がかかった。

「どっちでも、ええがな」

吉崎姉さんだった。

「赤ちゃんの性別で慌てたら、ろくなこと無いで」

姉さんは寝癖頭をかきながら、アクリル壁前の通路へと下りてきた。そして、プールの赤ちゃんへと目をやる。「よう見てみ」と言った。

「シワっちゅうてもな、そもそも、赤ちゃんはシワだらけやねん。おなかの中におる時、体を折り畳んどるから」

赤ちゃんの体に目を凝らしてみた。確かにシワシワ。特に体の後ろの方はひどい。シワの濃淡で縞模様のように見える。

「たまにな、慌てんぼのスタッフが、ただのシワを乳溝と見間違えるねん。で、発表してしまう。『女の子が産まれました』ってな」

そのとたん、先輩は長机から離れた。一人、アクリル壁の前へ。わざとらしく、プール右奥の柵へ顔を向けている。

姉さんは笑いながら話を続けた。

「テレビの地元ニュースで流れて、常連さんが来館。それも、いかにも女の子向けの祝いを持ってや。そこまで盛り上げといて、ある日、突然、気づくわけや。『あ、ただのシワ』ってな」

「さすがに、どんな慌てんぼでも、そこまでやらかす人は」

「おるで。張本人、そこにおるし」

姉さんは先輩の方を見やった。先輩はアクリル壁前で真っ赤になっている。柵の方を向いたまま、「昔のことです」と言った。

「何も今、言わなくても」

「昔というほどの昔かいな。ニッコリーの時なんやから。あの後始末に、どんだけ皆で走り回ったことか、もう忘れようにも忘れ……あ、来たで。梶、ストップウオッチや」

慌てて目をプールへ。

ルンがアクリル壁の前で漂っている。三人同時に腰をかがめた。前回の授乳から十分もたっていない。だが、赤ちゃんは同じように沈み込んで、ルンのおなかへ。乳溝の辺りをつついた。だが、なにやら戸惑っている。

あれ……どこ、どこ？

ルンは胸ビレを優しく一振り、ほんの少し移動した。赤ちゃんは吸い付こうと、体を傾ける。判別の時は、意外に早くやってきた——おなかの左右に小さなシワ。

乳溝だ。

授乳開始。一秒、二秒……四秒、五秒。赤ちゃんが満足げに口を離した。母と子は再び元の位置へ。ゆっくりと泳ぎ出していく。

「勝負あった。女の子。梶、あんたの負けやな」

姉さんは姿勢を戻して、そう宣言した。一方、先輩はストップウオッチを手に身構えたまま、動こうとしない。「見間違いかも」と言った。

「もう一回です、もう一回。慎重に確認しないと」

先輩ったら、意地になってる。

笑いが漏れ出る。由香は吉崎と顔を見合わせ、笑いをこらえた。

2

今朝のミーティングはプールサイドにて。チーフの声が響きわたる。

「今のところは順調と言っていい。だがよ」

由香は岩田《いわた》の真正面に立ち、緊張していた。

周囲には海獣グループの面々。最初は、咲子《さきこ》と一緒に後ろに立ち、目立たないようにしていた。が、チーフに見とがめられ、言われたのだ——おめえとヒョロは一番前にいるんだよ。かくして、ヒョロと一緒にチーフの真ん前へ。だが、どうにも、この場所は落ち着かない。

「まだまだ、安心はできねえ。緊迫の三日、警戒の七日。合わせて十日ぐれえは、何が起こるか分からねえ。俗に言う『魔の十日』よ。この間は、二十四時間ウオッチを継続すっから」

チーフは資料束を掲げた。

「こいつあ、二十四時間ウオッチの当番表。よく見といてくんな。ここから先は海獣グループだけで回していくから。言うまでもなく、時間は厳守。時間通りに行かねえと、前の当番のモンが、その場から動けなくなっちまう」

チーフは資料束を手元に戻した。自分の方を見る。

「じゃあ、ウオッチ当番のやり方にうつるか」

「あ、はい。お願いします」

「お願いするな。おめえが説明すんだよ。前に出て、当番のやり方を具体的に説明してくんな。奈良岡《ならおか》とか初めてだからよ。分かるように頼むぜ」

由香は唾《つば》を飲み込んだ。

自分だって初めてなのだ。今朝、先輩から教えてもらい、ミーティング前にチーフに資料を渡されて、ようやく全体像を把握した。付け焼き刃の知識ではあるが、名指しされた以上、逃げるわけにもいかない。

前へと歩み出る。由香は岩田の横に立ち、資料束を広げた。

「ええと、まずは記録用紙。出産観察用から哺育観察用に変わってます」

資料束の上に汗が落ちた。額をぬぐって、授乳データの記入の仕方を説明する。また汗が落ちた。止まらない。

「ええと、授乳にかかった時間は秒単位で記入を。授乳と授乳の間隔は分単位で。ストップウオッチと電卓は、長机の下にあります。あ、そうそう、ストップウオッチ、念のため二個、置いてます。どっちでも、どうぞ」

チーフの方を見やった。「こんなところで」と説明終了を報告。が、即座に「終わるな」と返ってきた。

「写真のことは、どうした？」

「写真？　ああ、写真」

慌てて資料をめくり直す。説明を追加した。

「あの、長机にはカメラもあります。何に使うかと言うと……写真を撮るためのものです。撮って下さい」

「当たりめえだろ。どう撮るかを言ってくんな」

「ええと、アクリル壁の隅に五センチ角の方眼シートを貼ってます。赤ちゃんの体長を、分かりやすくするためのものです。このシートを背景にして、ルンと赤ちゃんを、パシャッと撮って下さい。撮影は十二時間ごと。当番表に丸を付けてますので、ご確認を。ええと、それと、映像機材の話なんですが……引き続き自動で動いてます。と言うか、実は、止め方が分かりません。黒岩企画の高価な機材ですから、壊さないように気をつけてもらえればと」

再びチーフの方を見やった。「今度こそ、こんなところで」と同意を求めると、チーフは苦笑いして、うなずく。胸を撫で下ろしつつ、元の場所に戻った。

「念のため、嶋《しま》の話に付け加えとくぜ」

チーフは全員の顔を見回した。

「データは大事なんだけどよ。そこに現れてこねえもんもある。赤ん坊の仕草を、よく見ておいてくんな。つい、ほのぼのとして、見とれちまうんだけどよ。気を抜くんじゃねえぜ。まあ、二十四時間ウオッチについては、ここまでにしとくか。じゃあ、次。ヒヨロ」

突然の名指し。ヒヨロは顔を引き攣《つ》らせ、声を裏返した。

「あの、ボク？」

「そう、そのボクよ。いいか。イルカはルンと赤ん坊だけじゃねえんだ。勘太郎《かんたろう》とニッコリーもいる。当然、こっちの方も、手を抜くこたあできねえ。分かってるな」

「分かって、ま、す」

ヒヨロの返事は途切れ途切れ。しかも、かすれている。

「二十四時間ウオッチは、嶋を中心に回すことになる。どうしても、そっちに気が取られることにならあな。となりゃあ、日常業務を仕切るのは、おめえしかいねえだろ。しばらくは、イルカライブも中止なんだ。時間的には、できねえことはあんめえ」

「仕切るって、あの、ボク、いったい、何を」

「いつもの仕事を、いつものようにやりゃあいい。だがよ、指示待ちじゃなくて、『自分の頭で考えて』だ。何かありゃあ、おめえがお姉ちゃんに指示しな。お姉ちゃんが手一杯なら、吉崎に指示しな。吉崎も手いっぱいなら、俺に指示しな」

「ボクがチーフに指示？」

「現場のことは、現場のモンが一番分かってらあな。俺も手一杯ならよ、どっかから人を引っ張ってきて、人繰りをつけてやっから。そいつあ、俺の仕事だからな」

ヒヨロは身じろぎし、自分の方を見た。すがるような表情をしている。チーフから役割分担を聞かされた時、ヒヨロの反応は予想できた。自分だって不安でいっぱいなのだから。しかし、ヒヨロには魔法の言葉がある。

胸元からメモ帳を取り出す。末尾のページをめくって、ヒヨロに見せた。

『咲子、見てるぞ。ヒヨロのこと』

そのとたん、ヒヨロは背筋を伸ばした。いきなり、勢いよく胸を叩く。そして、チーフに向かって「やります」と返した。

「大変な時ですから、ボクだってやらないと。そのくらい何でもないです」

分かりやすい子。うらやましい。

「何を見ると、そんなに気合いが入るんでえ。まあ、いいや。その調子で、頑張《がんば》ってくんな。まあ、朝のミーティングは、こんなところだな」

チーフは目をアクリル壁前の通路へ。そこには浦《うら》さんの姿がある。ミーティングの間も、二十四時間ウオッチは継続。浦さんが張り付いていた。

「浦、すまねえな。ミーティングは終了。当番を嶋と代わってくんな」

浦さんは頭をかきつつ、書類バインダーをめくっている。顔を上げると、いつもの口調で「どげんするね」と言った。

「チーフ、ちくっと、短こうなっちょるばい」

その瞬間、チーフは表情を曇らせた。が、すぐに元の表情へと戻す。「そんな段階じゃねえよ」と言った。

「良いも悪いも、これからよ。それを把握するために、二十四時間ウオッチをやるんだから。取りあえず交代だ、交代」

チーフが促すように自分の方を見る。

「早く行きな。今んところは、気にすることちゃねえよ」

二人の会話の意味は、よく分からない。まだ重要ではないものの、何か気になることがあるらしい。頭に夢の光景が浮かんで来た。赤ちゃんが弱々しく鳴く――ぴゅう。

だが、夢の中のように、「誰か」など言いはしない。

「浦さん、交代します」

ルンと赤ちゃんは自分が守る。それが自分の仕事。

由香は足をアクリル壁へと向けた。

3

夜間照明の中で、授乳を確認。時刻は午後八時五十分、授乳秒数は五秒二。

由香は記録用紙にデータを書き込んだ。

ボールペンを置いて、顔を上げる。もう一度、プールに目を凝《こ》らした。赤ちゃんの様子にも、ルンの様子にも、変わったところは無い。今夜の九時過ぎで、出産から丸三日。チーフの話にあった『緊迫の三日』を、無事に終えることになる。だが。

気になる。

プールを見つめたまま、腕を組んだ。どうも先程から、時間を計ってばかりいるような気がするのだ。授乳を確認して一休み、と思ったら、またすぐに授乳。授乳と授乳の間隔があまりにも短い。

「確認しないと」

手を書類バインダーへとやった。記録用紙をめくって、今日の記録を確認していく。かなりばらついているが、七分前後の間隔が多そうだ。更に用紙をめくって、初日の記録を確認していく。これまた、ばらついているが、だいたい二〇分間隔くらいだろうか。気のせいではない。二日程の間に、授乳頻度は激増。授乳と授乳の時間間隔は短くなってきている。

――短こうなっちょるばい。

あの時、浦さんが気にしていたのは、このことに違いない。もしかすると……赤ちゃんは乳を飲めていないのではないか。乳溝に口先をつけるものの、飲みミス。何度も何度も、飲み直し。そう考えれば辻褄《つじつま》はあう。

手のひらに汗が滲んでくる。通路入口の方で音がした。

「交代の時間やで。代わろか」

吉崎姉さんだった。

「なんや、えらい深刻な顔しとるな。何かあったか」

姉さんは怪訝そうな顔付きをして、長机へとやって来た。書類バインダーを手渡し、授乳間隔が短くなっていることについて報告。しかし、姉さんの態度は変わらない。

淡々と記録用紙をめくっている。

なにやら、別のことが心配になってきた。

「あの、私、もしかして、トンチンカンなことを」

「言ってないで。それどころか、ど真ん中ストレート。乳トラブルの不安やろ。そらあ、しゃあないわ。誰もが、そうなる。哺乳類の宿命やさかい」

言葉の意味が分からない。黙って顔を見つめていると、姉さんは書類バインダーを長机へと置く。顔を上げ「ええか」と言った。

「誰もが何も考えんと『ホニュウルイ』『ホニュウルイ』と口にする。けど、そもそも、何や? 哺乳類の『哺』って」

思いもよらない問いだった。首をひねりつつ、取りあえず「漢字です」と答える。即座に「あほ」と返ってきた。

「きいとるのは、漢字の意味や。訓読みしてみ。それで意味は分かる」

「ええと……ホ?」

「会話にならんがな。そらあ、音読み。ええか。『哺』を訓読みすると、『ふくむ』。『口にふくむ』と言う時の『ふくむ』やがな。または『はぐくむ』。つまり、哺乳類とは『乳を飲む生き物たち』または『乳で育てる生き物たち』っちゅう意味やねん。わざわざ名前についとることから分かるわな。『乳を飲む、飲ませる』という生態が、一番目につく特徴やということっちゃ」

根本的とも言える話だ。だが、根本的すぎて、考えたこともなかった。

「乳っちゅうのは、究極のバランス栄養食やねん。免疫成分を含んどる場合もある。哺乳類の初期の子育ては、『高度な乳システム』なんよ。赤ちゃんは非常に効率良うに、必要なモンを手に入れられる」

姉さんは目をプールへ。そこには漂うように泳ぐルンと赤ちゃん。姉さんはその姿を見つめながら「けどな」と言った。

「高度なシステムっちゅうのは、もろい。乳が途絶えるとな、即、命も途絶えてしまう。それが哺乳類。別に高尚な話と違うで。あんたも母親になれば分かる」

姉さんはルンを見つめたまま目を細める。「分かるんよ」と繰り返した。

「ある日、自分から白い液体が出てくんの。それを欲しがるのは、これまた、自分から出てきた赤ちゃんや。もうな、直感的に分かる。ああ、まだ、つながっとるんやと。この白い液体——母乳が命綱なんやと。で、同時に、ものすごく不安になる」

「不安?」

「ちゃんと、乳は出とるんやろか。ちゃんと、飲ませられとるんやろか。ちゃんと、飲んでくれとるんやろか——もう母親は不安で不安で、たまらんようになる。理屈なんか知らんでも、そうなるねん。育児雑誌とかで見たことあるやろ。もう、そんな相談であふれとるがな」

「その、私、育児雑誌はまだ……」

「ほな、新聞はどうや。文化面の育児相談とかで、何度か見たことあるんと違うか」

確かに、それはある。黙ってうなずくと、姉さんは「そやろ」とつぶやき、肩をすくめる。そして「皆、そんなもんなんよ」と言った。

「不安になるのは、不思議なこっちゃないの。それが哺乳類というもんやから。おまけに、『乳を飲む』っちゅう行為は、個体差が大きゅうてな。これが正解というパターンは、なかなか無い。そやから余計に困るんやけど」

姉さんは記録用紙に目を落とした。

「まあ、こういうパターンは珍しゅうない。イルカの成長は早い。その成長のためには大量の乳が必要や。当然、頻繁《ひんぱん》に飲みたがるわな」

「じゃあ、飲みミスじゃないんですか」

「断定はでけへんけどな。身も蓋《ふた》も無いこと言うけど、授乳データって、所詮『授乳の格好をしとる時間』を計っとるだけやから。ほんまに『乳が体内に入っているか』

は、赤ちゃん自身にしか分からんこっちゃ。人間の赤ちゃんやと、手はあるんやで。授乳の前後で体重を量るねん。増えた体重が飲んだ乳の量。確実やな」

「イルカでも、それをやれば？」

「そらあ、無理というもんやで。相手は産まれ出たばかり。下手に手を出すと、ショック死する危険性もあるから」

「じゃあ、どうすれば？」

「総合的に判断するしかない。まずはデータ」

姉さんは書類バインダーを軽く叩いた。

「世の中にデータっちゅうモンは、いろいろあるけど、大抵の場合、そらあ、数字やろ。表面だけ見とっても、本当のところは分からへんねん。いろいろと組み合わせて、実態を考えてみんと。イルカの授乳データの場合、まず、注目すんのは、一回あたりの授乳秒数や。その数字がどう動いとるか。よう見てみ」

バインダーに目を落として、数字を追っていく。初日は四秒台が多い。それが、二日目後半には五秒台に乗せることが増えてくる。そして、直近十回は、全て五秒台だ。

「微妙ですけど……伸びてるみたいです。ちょっとずつ」

「その通り。まあ、赤ちゃんも段々、上手に飲めるようになってきとるっちゅうこっちゃな。ルンの乳の出が、良くなってきたのもあるやろうし。一日全体の授乳秒数で見てもええよ。授乳時間の合計が大きくなっとる、イコール、飲んどる量も増えとる、と解釈できるわな」

記録用紙のデータは何度も見ていた。だが、気づかなかった。無味乾燥な数字にも流れがあるのだ。その流れが見えれば、意味も見えてくる。

「総合判断の材料はまだあるで。データっちゅうのは客観的で分かりやすいけど、そのために、他のモンを捨ててしまう。時には、生のモンをそのまんま見てみんと」

「生のモンをそのまんま？」

「ルンと赤ちゃんは、目の前におるんや。その様子を、自分の目で直接、確認すればええ」

姉さんはプールを指さした。

「赤ちゃんを、よう見て。初日と比べて、どう思う？」

改めて、目を凝らした。だが、今さら新たに気づくことなど無い。

「相変わらず、ぎこちない泳ぎ……変わりなしです」

「変わりなし？　ほんまか」

「ずっと見てますから。何か変化があれば、絶対に気づくかと」

「ずっと見とるから、気づかへんの。熱心な観察者ほど、周囲の物が見えんようになる。あんたも、それに陥《おちい》っとるみたいや」

姉さんは胸元から携帯を取り出した。画面を何やら操作する。しばらくしてから、画面をこちらへ向けた。

「これが初日の赤ちゃん。今の赤ちゃんと比べてみ」

小さな画面に、赤ちゃんの映像が流れていた。泳ぎは、ぎこちない。次いで、目をプールの赤ちゃんへ。やはり、ぎこちない。念のために、もう一度、携帯画面を見た。そして、プールを見た……あれ？ 三度目の正直、携帯画面を見た。目に残像が残っているうちにプールを見た。

「うそ。どうして」

まったく違う。

ぎこちないことには、変わりない。だが、そのレベルが違っているのだ。ルンがいなければ、溺《おぼ》れてしまいそう——これが初日。不器用ながらも、自分で泳いでいる——これが今。フニャフニャだった体つきも、随分としっかりしてきた。見比べると、一目瞭然《りょうぜん》。もし、母乳が飲めていないのであれば、こんなふうになるわけがない。こんな分かりやすい違いに、なぜ、気づかなかったのか。

唖然《あぜん》としつつ、姉さんの顔を見やる。姉さんは「分かったか」と言った。

「人間の感覚は奇妙なモンでな、連続した微妙な変化には弱いんよ。そやから、じっと見とると、かえって、見えんようになってしまう。そやから、写真や映像を撮んの。記念のためと撮っとるわけと違うで。時系列の比較をするためや。こういったモンで、人間感覚のズレを……」

姉さんが途中で言葉を飲んだ。長机のストップウオッチに目をやる。「来たで」と言った。

「授乳や。計って」

慌ててストップウオッチに飛び付く。

身構えて、プールへと目をやった。赤ちゃんが吸い付くと同時に、計測を開始。母と子は一緒に揺れている。程なくして、周囲が少し白濁。母と子は離れた。今回の授乳時間は五秒三。前回との授乳間隔を確認した。六分半しかたっていない。

「あの、姉さん、こうやって、どんどん頻度《ひんど》が増して、間隔が短くなっていって……どこまで行くんですか」

「そらあ、どっかで止まるで。そやないと、ルンも赤ちゃんも体がもたんがな。まあ、頻度のピークは出産後、四日目くらいやろか。翌日にはピークを打ったことが確認できる。なんでか、急に落ち着いてくるねん。更に四、五日したら、二十分から三十分くらいの間隔になって、安定して推移。まあ、あくまで、パターンの一つやけどな」

「もし、落ち着かなければ？」

「その時は」

姉さんは表情を曇らせた。

「何かまずいことが起こっとる。赤ちゃん、無事ではおれんやろ。出産後、数日してから急変。イルカの場合、結構、ある話でな」

間近で水音がした。水しぶきが頬に当たる。

アクリル壁の前を、ルンと赤ちゃんが泳いでいた。タイミングを合わせて、一緒に呼吸しているのだ。ほのぼのとしていて、思わず見とれてしまう光景だと言っていい。

だが。

――気を抜くんじゃねえぜ。

唇を硬く結ぶ。由香はルンと赤ちゃんを目で追った。

4

本日にて五日目。こんな時にプールにいられないとは。

自宅アパートで、一人、悶々《もんもん》。由香は机で腕を組んだ。

机の上には授乳間隔の折れ線グラフがある。初日は約二十分。二日目は約九分。三日目は約六分――折れ線グラフは完全に右肩下がり。谷底に転落するかごとき傾きになっている。四日目となる昨日、授乳間隔は、ついに六分を切った。正確に言えば五・二分。そして、五日目の本日、グラフはまだ書けていない。

――赤ちゃん、無事ではおれんやろ。

今日の午後、自分は久々にイルカプールを離れた。半ば強引に、チーフに連れ出されたのだ。外出の目的は、イルカ出産の報告と御礼。協力してくれた人達の間を回っていった。臨海公園の管理事務所、地元の学校、駅前の商店街。夕刻にはなんとか回り終わり、業務は終了。そそくさとアクアパークに帰ろうとすると、チーフが険しい顔で「おい」と言った。

「どこに行こうとしてんだ。帰るんだよ、おめえは」

「いや、まさしく今、帰ろうと」

「アクアパークにじゃねえよ。自宅にだ。ウオッチ当番表を変更しただろうが。しばらく、おめえを当番から外してるはずだぜ」

「見るだけです。ちょっとだけ、赤ちゃんの様子を」

「帰れったら、帰れ。今日は、おめえを休ませるために、連れ出したんだ。俺も、雑事を片付けたら、さっさと帰っから」

そこまで言われれば仕方ない。自宅アパートへと帰った。シャワーを浴びて、ベッドに横になると、確かに疲れが出てきた。いつの間にか眠ってしまい、目を覚ますと、すでに夜。食事を作る気力も湧いてこない。カップ麵で食事を済ませた。が、腹が満ちると、気分は一新。気力が湧いてくる。と同時に、緊張感も戻ってきた。かくして今、グラフを眺めつつ、悩み込んでいる。

「さて、どうするか」

既に時刻は夜八時を回っている。間もなく、五日目のデータが出そろう。午前の段階では、授乳間隔が少し伸びてきているように思えた。あれから、どうなったか。今の時刻、ウオッチ当番は咲子のはず。確か、九時半に交代して、次はヒョロ。どちらも気楽な後輩だ。電話をかけて状況を尋ねるという手はある。けれど。

由香は頭を振った。

電話に気をとられ、授乳を見逃してはまずい。そして、何よりも気になるのは、赤ちゃんの泳ぎだ。こればかりは、自分の目で確認せねば気がすまない。

「行く……か」

グラフを見つめつつ頭をかいた。その時、間近で鋭い音が響く。机の端で、携帯が鳴っていた。手に取って確認すると、電話は先輩から。いい時にかかってきた。

先輩に相談してみるか。

電話へと出た。だが、相談など口にする間もない。

「どうだった？」

いきなり、問いが飛んできた。

「あの、どうだったって？」

「赤ちゃんだよ、赤ちゃん。今、イルカプールにいるんだろ」

「それが、今、アパートに帰ってまして」

今日の事情を説明した。先輩は「そうか」とつぶやき、軽くうなる。少し間を置いて「悪かったな」と言った。

「チーフの言う通りだ。ゆっくり休んでくれ」

「先輩は、今、どこ？　今日はずっと、打ち合わせですよね。ウェストアクアの東京支社で」

「もう、終わったよ。今、千葉湾岸駅にいる。取りあえず、これから行ってみるよ。じゃあな」

行ってみる？

「あの、どこへ」

返事は無い。電話は既に切れている。

切れた電話を見つめた。確認するまでもないかもしれない。赤ちゃんの様子が気になって、先輩は電話をかけてきたのだ。となれば、行くところは一つしかない。

「イルカプールに行く気なんだ」

もう、我慢できない。

携帯をポケットにしまい、イスから立ち上がった。壁のハンガーを手に取る。掛けていたのはスタッフジャンパー。脱いで間もない。

「抜け駆けさせるかって」

ジャンパーを羽織りつつ、足を部屋の出口へ。そして、手を照明スイッチへ。

待ってて、赤ちゃん。

「私も行くから」

薄闇の中で息を整える。由香は玄関土間へと出た。

5

人通りはあまり無い。走りやすいが、自転車のペダルは重い。

再開発地区の大通りを、由香は自転車で走っていた。

夜になると、バスの本数は極端に減る。自転車が一番早い。だが、今日はなかなか進まない。やはり、チーフが言っていたように、疲れが出てきているのだろうか。

そんなわけないっ。

胸の内で叫んで否定。立ちこぎへと移行した。太ももに力を込める。加速して、大通りから臨海公園へ。人気のない公園内を走り抜けて、松林へ。土手の坂道へと出た。ここを下れば、もう浜辺。浜辺の遊歩道を走れば、突き当たりはアクアパーク。

坂を下りていく。途中で、ジョギング中らしき人影を追い抜いた。そのとたん、背に声が飛んでくる。

「待て」

追い抜く時に、ぶつかったのだろうか。慌ててブレーキをかけて、急停止。坂道へと振り向く。「失礼しました」と言った。

「急いでおりまして、つい」

「俺も急いでる」

人影が駆け寄ってくる。先輩だった。

「また自転車か。好きだな」

「先輩こそ。ネクタイ姿で、またジョギング」

「バス待ちで、時間を無駄にしたんだ。待っても待っても、バスが来ない。よく見ると、休日用の時刻表だった。もう走るしかないだろ」

先輩は苦笑い。自転車のカゴにレジ袋を置いた。なにやら、いい香りがしている。

「何ですか、これ」

「千葉湾岸市名物、焼ハマグリ。それに、おにぎり。ウオッチ当番の差し入れに、と思ってな」

先輩はネクタイを緩めた。そして、ハンドルへと目を向ける。

「二人乗りで行くか」

「了解」

即座に返して、前を向く。ハンドルを握り直した。そのとたん、肩をつかまれる。

先輩が「馬鹿」と言った。

「お前はうしろ。俺がこぐ」

「先輩、走って疲れてるんじゃ。いけますよ、私」

「怖いんだよ。お前のこぐ自転車は」

そう言われると、言葉が無い。いったん降りて、後部の荷台へと移動。先輩はサドルをまたぐ。鼻息荒く「つかまってろ」と言った。

「飛ばすぞ」

先輩の背にしがみつく。自転車は動き始めた。月夜の浜辺、遊歩道で二人乗り。潮風が身を包む。まるで、青春映画のようではあるが……。

「先輩、全然、速くないですよ」

「お前が重いんだよ」

「やっぱり、私、こぎましょか」

「馬鹿言え」

先輩は「よし」とつぶやくと、腰を浮かせた。

「立ちこぎするぞ。サドルをつかめ。落ちるな」

ムキになっちゃった。

先輩はペダルの上で立ち上がり、勢いよくこぎ始めた。自転車は加速。車輪が音を立て、砂が弾け飛ぶ。大きく右に傾いた。これは怖い。大きく左に傾いた。これまた怖い。まるでジェットコースターに乗ってる気分だ。

二人一緒に、右へ左へ。アクアパークが近づいてきた。

「先輩、正面玄関の門、まだ開いてます」

「分かってる。このままイルカプールまで行くぞ」

自転車はアクアパークの敷地に突入した。

玄関前のロータリーから、メイン展示館の周囲を回って、観覧通路へ。敷地奥のイルカプールを目指していく。観客スタンドの外壁が見えてきた。外壁に沿って走っていく。そして、外壁端の通路口にて、急停止。

思わず、体が前へとつんのめった。

「すまん」

先輩はサドルに腰を下ろした。ハンドルに肘をつく。肩で息をしていた。

「あの、大丈夫ですか？」

「大丈夫に決まってるだろ」

そう言いつつも、体を起こそうとしない。ワイシャツは汗だく。先輩はその格好のまま「行ってくれ」と言った。

「もう集計の時間を過ぎてる。あとで俺も行く」

だから、私がこぐって言ったのに。

感謝しつつ、そして、ちょっとあきれつつ、自転車を降りた。柵の戸を開けて、イルカプールへの通路へ。通路の先に、咲子とヒョロの姿が見えている。身振り手振りで何やら話し合っていた。もうすぐ交代の時間。引き継ぎをしているらしい。

観客スタンドの境の柵へ。その足音で気づいたらしい、咲子が顔を上げ、意外そうに「あれ」と言った。

「どうしたんですか。由香先輩、直帰だったんじゃ」

「ちょっと気になってね。引き継ぎ、続けてて」

境の戸を開けて、そのままアクリル壁前へ。腰をかがめた。この目で直に確認せねばならない。日ごとに変わっていく『ぎこちなさ』のレベル。何度もビデオを見直し、頭の中で整理した。

そもそも、『ぎこちない』という印象は、どこから来るか。

ビデオで気づいたことは二つある。まずは、推進力を生まない無駄な動作が多いということ。次に、個々の動作がバラバラで連携していないということ。要するに、体を派手に動かしているが、そのわりに前へは進まない。これが、ぎこちないという印象を生む。これらのことは、尾ビレと胸ビレを注意深く見ていれば、だいたい分かる。合わせて、体のくねらせ方もチェックすれば、なお良し。ポイントを外さなければ、まず間違うことはない。

プールの中に目を凝らした。

赤ちゃんは向こう側の壁前を泳いでいる。その泳ぎを目で追った。昨日と大差は無いが、余計な動きは減っている。少なくとも悪くはなっていない。

「これは良し」

額の汗を拭いつつ、腰を戻した。問題はこの先だ。日々、短くなっていく授乳間隔。少しは落ち着いてきただろうか。

「由香先輩、はい、これ」

振り向く。咲子が記録用紙の書類バインダーを差し出していた。

「これ、見にきたんでしょ」

「どうして分かったの？」

「朝からずっと、授乳間隔を気にしてたから。さっき、ヒョロくんと話してたんです。

由香先輩に電話しようかって。そうしたら、直接、プールに来たから」

さすがは咲子。かゆい所に手が届く。

軽く頭を下げてから、書類バインダーを手に取った。

記録に目を通していく。記入行の数が昨日より少ない。となれば、当然、間隔も長くなってくる。夕刻以降の時間帯では、十分を超えている時もあるようだ。授乳間隔十五分なんて時もある。

「大丈夫みたい」

「みたいじゃだめだ」

いきなり背後から、書類バインダーを取り上げられた。振り向くと、そこには先輩。

荒い息は既に収まっている。

「あれ、もう復活?」

「それは言うなって」

先輩は苦笑いしつつ、焼ハマグリとおにぎりを長机に置いた。そして、書類バインダーの用紙をめくっていく。「正確に確認しよう」と言った。

「数字で裏付けを取らないとな」

「でも、かなり、ばらつきがあって」

「グラフを作っただろう。その時、一日ごとに平均値を取って、書き込んだはず。同じようにすればいい。昨日の平均間隔は五・二分。これと比べてみよう」

「あの、今日の分は？」

「これから、それを計算するんだよ。俺が授乳データを読み上げる。お前は電卓を入れていけ」

慌てて長机へ。その下から電卓を取り出した。イスに腰を下ろし、電卓を前に身構える。気合いは十分。だが、ヒヨロが「あのう」と言った。

「盛り上がってるところ、申し訳ないんですが……パソコンにすれば？　ボク、午前までのデータ、表計算ソフトに入れてますけど」

「いや、これでいく」

電卓をわしづかみ。時代劇の印籠《いんろう》のようにヒヨロへと向けた。

「今、ここで、これを叩く。一回叩けば授乳一回。それを感じる」

グラフを手作りしていて、分かったことが一つある。抽象的なデータを、そのまま理解することは、極めて難しい。が、泥臭い手作業で一つ一つデータを追っていくと、なんとなく伝わってくるものがある。皮肉な話ではあるが、姉さん曰《いわ》く「人間の感覚は奇妙なモン」。これも、その一つかもしれない。

「でも、由香先輩、今日のデータ、二百個近くあります。電卓を叩きそこなって、間違ったら、元も子も……」

「私もやるから、ヒヨロくん」

咲子が会話に割って入ってきた。そして、長机に鞄を置く。中から何か取り出し、鞄《かばん》の横へ。会計用の電卓だ。

「私、企画の仕事をしてるから、その場で早打ちしなきゃならないこと多くて。だから、自分専用の電卓、持ち歩いてるんです。連続した早打ちって、電卓アプリじゃ難しいから」

咲子は隣の席へ。ヒヨロに向かって「いいでしょ」と言った。

「由香先輩の結果と私の結果が同じなら、計算間違いは無し。パソコンのデータ入力は、あとで手伝うから」

咲子の言葉に、ヒヨロは納得。「分かりました」とうなずく。先輩が書類バインダーを軽く叩いた。

「じゃあ、やるぞ。授乳間隔の方からいくから。分単位のデータを小数点付きで、読み上げる。足していってくれ」

読み上げが始まった。五・八、八・二、七・一……読み上げが進む。指先から伝わってきた。間違いない。数字は行ったり来たりしつつも、次第に大きくなってきている。

「……六・八、七・七。以上だ。データは全部で百九十八個。平均は?」

「七・三」「七・三です」

顔を上げる。由香は咲子と顔を見合わせた。

「きっちりと、合ったね」「合いました」

「二分以上長くなってる」「なってます」

「喜ぶにはまだ早い」

二人そろって、先輩を見上げた。先輩はまだ表情を緩めていない。

「問題はまだある。一回あたりの授乳秒数。これが短くなっていれば、『単に乳を飲めていないだけ』という結論だってありうる。昨日の平均は五秒一。そっちの計算もするぞ」

再び電卓を前に身構えた。五・三、六・一、五・八……。先輩がデータを読み上げる。そして、それを電卓が追っていく。

「……五・五。以上だ。データ数は先程と同じ百九十八個。平均は?」

「五秒六」「五秒六です」

昨日よりも、わずか〇・五秒ではあるが、長くなっている。しかも、ほぼ安定して五秒台以上。間違いない。赤ちゃんの授乳は安定してきているのだ。

再び咲子と顔を合わせた。二人同時に立ち上がり、右手でハイタッチ。左手でもハイタッチ。ヒヨロが「ボクも」と言いつつ加わってきた。オーケー、喜びは分かち合わねば。ヒヨロともハイタッチ……と思ったら、ヒヨロは咲子とだけハイタッチ。さっさと、身を戻してしまった。

おい、いい加減にしろよ。

「何やってんでえ。おめえらは」

背後から声が飛んできた。チーフの声だ。

「騒がしいと思って来てみりゃ、勢揃いじゃねえか。ちょっとは、俺のことも考えろ。『管理者は何やってんだ』なんて言われんだぜ」

チーフは通路からアクリル壁前へ。顔に渋い表情を浮かべている。まずいところを見られた。けれど……。

「あのう、チーフはどうして、ここに？　『雑務を片付けたら、さっさと帰っから』って、仰《おっしゃ》ってたような」

「そりゃあ、おめえ……あれだろ、あれ。夜のプールが騒がしけりゃあ、誰だって心配にならあな。行って確認しなきゃあと思うだろ」

「どんなに騒がしくても、チーフの家までは」

「いいんだよ、俺のことは」

チーフは顔をしかめて、先輩を見た。

「まったく、梶、おめえまで、何をやってんでえ。いいか。お姉ちゃん達を連れて、早く帰り……」

チーフが途中で言葉を飲む。ヒヨロの声が響いた。

「授乳です。授乳開始」

ヒヨロはアクリル壁前で身構え、計測を開始。全員の目がプールへと向いた。赤ちゃんはルンのおなかの下で揺れている。一秒、二秒……五秒、六秒。赤ちゃんは離れた。満足げな様子で、元の位置へと戻っていく。

「六秒五。今日、測った中では、一番長いですぅ。ちなみに、前回との間隔は約十八分。かなり、開いてます」

「よしっ。そうこなくっちゃな」

なんと、チーフは拳を上げて、ガッツポーズ。全員の目がチーフへと向く。チーフは慌てて姿勢を戻した。わざとらしく咳払《せきばら》いをし「見るな」とつぶやく。そして、先程の言葉を繰り返した。

「早く帰りな」

6

本日にて九日目。授乳間隔は二十分弱。授乳秒数は六秒台にて安定。

由香はアクリル壁前で目を凝らした。

赤ちゃんの泳ぎも安定してきた。それに加えて、自主性のようなものが出てきたような気がする。時折、ルンから離れて、単独で泳ごうとするのだ。今も……。

「あ、はねた」

大きく目を見開いた。

見間違い？　いや、そんなことはない。今、確かに、水面で赤ちゃんがはねた。もしかして、ジャンプをやろうとしたのではないか。産まれて初めてのジャンプ。となれば、世紀の瞬間ではないか。イルカ担当として、見逃すわけにはいかない。

「お願い。もう一回やって」

アクリル壁におでこを付けて、プールの中をのぞき込んだ。すると、傍らでバケツを置く音がする。ヒヨロが雑巾《ぞうきん》を手にして立っていた。

「またやってる。由香先輩がおでこ付けるから、汚れちゃうんですぅ」

ごもっとも。

身を引いて、腕をアクリル壁へとやった。袖で汚れを拭くと、ヒヨロはあきれ顔。

だが、今は、そんなこと、気にしていられない。

「ヒヨロ、聞いて」

由香は鼻息荒く言った。

「今ね、ジャンプしようとしたの、ジャンプ」

「由香先輩が?」

「私がジャンプして、どうすんのよ。赤ちゃんに決まってるでしょ。今、ジャンプしようとしたの」

「それ、見間違いですぅ。いくらなんでも、早すぎ」

「いや、ジャンプをやろうとしてた。ちょこっとだけで、下手だったけど。絶対に赤ちゃんにとって、初のジャンプ……」

言葉を途中で飲み込んだ。ジャケットのポケットで、携帯が震えている。自分の携帯だ。取り出して画面を確認すると、電話はチーフから。慌てて電話へと出る。

「よお。今、どこにいるんでぇ?」

「イルカプールにいます。今ちょうど、ウオッチ当番をヒヨロから引き継いだところでして」

「そりゃいいや。ウオッチ当番は、そのままヒヨロに続けてもらいな。おめえには、ちょっと、ここに来てもらいてえんだ」

「あの、ここって、どこへ?」

「イルカ館の端っこ。裏ペンギン舎に面してて、血統データベースを置いてる小部屋があんだろ。吉崎の秘密基地よ。そこに吉崎と一緒にいっから」

「あの、ペンギンに何か?」

「ペンギンじゃなくて、イルカの話。そうでなきゃあ、来いとは言わねえよ。ともかく来てくんな。詳しいことは、来てから説明すっから。じゃあな」

有無を言わさず、電話は切れた。

携帯を見つめる。いきなりの呼び出し。いったい、何事なのか。首をかしげていると、ヒヨロが怪訝そうに「チーフから?」と言った。

「何か、まずいことが?」

「分からないのよ。『ともかく来い』ってだけ。ヒヨロ、ウオッチ当番をお願い。ちょっと、行ってくる」

「待って。イルカプール、ボクだけになっちゃいますぅ。赤ちゃんに何かあれば、ボクだけじゃ」

「今までも、一人でやってたでしょうが」

「今までは、咲子さんがいたんですぅ」

一昨日、咲子は急遽《きゅうきょ》、呼び戻され、海遊ミュージアムへ帰っていった。咲子でないと回らない企画が幾つかあるらしい。だが、なにぶん、突然のこと。ヒヨロには置き手紙ならぬ置きメモのみ。ヒヨロはそれを手にして、調餌室《ちょうじ》で一人大泣き。そして、以前の頼りないヒヨロに戻ってしまった。

「ともかく、チーフの指示だから。あとをお願い」

強引に当番を引き受けさせて、自分は通路端の階段へ。駆け上がって、そのままイルカ館に駆け込んだ。廊下を走りつつ、考える。確か、あの小部屋には机と据置型パソコンが一台あるだけなのだ。イルカに関するものなど、何も無い。なぜ、そこに呼び出されるのか、見当もつかない。

廊下の角を曲がって、足を止めた。そして、ゆっくりと小部屋の前へ。ドアの向こうから、チーフと姉さんの話し声が聞こえてきた。胸元からメモ帳を取り出し、深呼吸する。ドアをノックした。

「嶋です」

「いいぜ、入ってきて」

ドアを開けて、室内をのぞき込む。奥の机にチーフと姉さんがいた。姉さんは丸椅子に座って背を丸め、パソコンを操作している。チーフは立ったまま、姉さんの肩越しにディスプレイをのぞき込んでいた。

「ここに来てくんな」

言葉に従い、部屋奥へ。ディスプレイ画面に、イルカの画像が並んでいた。その大半はルンと赤ちゃん。だが、少しだけニッコリーが交じっている。

「あの、これは？」

「さて、どこから説明すっかな」

チーフは姿勢を戻し、頭をかいた。言葉を探している。が、すぐに自分の方へと向き「どうでえ」と言った。

「二十四時間ウオッチは？　疲れるだろ」

なぜ、わざわざ、尋ねられるのか分からない。取りあえず、黙ってうなずくと、チーフは「だろうな」とうなずき、説明を続けた。

「まあ、大変なのは、個々人だけじゃねえんだ。やたらと人手がかかるから、組織としても大変でな。まあ、そうあることじゃねえんで、これまでは人海戦術でやってきた。他に方法も無かったしな」

チーフがディスプレイを一瞥する。「だがよ」と言った。

「吉崎がふと思い付いた。最近の技術なら、自動化できるんじゃねえかと。母イルカと子イルカ——出産間もない頃の行動には、パターンみてえなもんがある。まずは、その行動パターンの映像を抽出《ちゅうしゅつ》することから始めた」

思いもよらぬ話だった。しかし、呼び出されたのが、なぜ、この小部屋なのか——なんとなく見当がつく。この春、ペンギンの育雛《いくすう》観察に、CCDカメラを本格導入した。その際、この部屋のパソコンを買い換えたのだ。つまり、この部屋のパソコンがアクアパークで一番高性能。高度な処理をするなら、これを使うしかない。

「幸い、黒岩企画にはプロ用の映像解析ソフトがあってな。それに詳しい技術者もいる。で、ちょっと話をきいてみた」

「できそうなんですか」

「理屈の上ではよ、『大量の映像データがあればできる』って言うんだ。で、そのソフトの利用許可を取って、吉崎が見よう見真似でやってみた。解析に使用する映像データは、資料室にある映像ライブラリー。それに加えて、今回、ルンの出産で撮りためた映像を使ってみたんだが」

「じゃあ、これからは自動で」

「いや、残念ながら、素人の物真似では、実用レベルになりそうにねえや。映像を全国規模で大量に集めて、プロに外注すりゃあ、何とかなるかもしんねえがな。だがよ、おめえに話してえことは、そのことじゃねえんだ。母と子の行動パターンとして抽出された映像の中に、ニッコリーの映像が交じってた。なぜか、コンピューターはニッコリーまで抽出しちまったんだ。で、吉崎が気づいた」

チーフは吉崎姉さんを見やった。

「何か一つ、分かりやすいやつを再生してくんな」

姉さんはうなずいて画像の一つをクリック。

画面が瞬《また》き、イルカプールの映像に切り替わった。画面にルンと赤ちゃんが映っている。出産直後の光景だろうか。ぎこちなく泳ぐ赤ちゃんの背後で、薄影が揺れている。ニッコリーがつかず離れずの距離で泳いでいるのだ。が、しばらくすると、少し速度を上げて、赤ちゃんの傍らを併走。ルンが慌てた様子で赤ちゃんとの間に入り、ニッコリーを牽制《けんせい》した。ニッコリーは速度を落とし、再び距離を取る。

「こいつあ、たまたま撮られたと言っていい。そもそも、出産前には、ニッコリーを室内プールへ移す予定だったから」

由香は出産日の出来事を思い返した。

出産に集中させるため、当初は、イルカプールをルン専用とする予定だった。だが、ニッコリーは出産準備をおもしろがり、イルカプールから出ようとしない。無理に誘導すると、陣痛に耐えているルンを刺激してしまう。結局、そのままの状態にするしかなかった。そして、出産を迎えることになったのだ。

「見な」

チーフは画面を指さした。

「ニッコリーと親子との間合い。何とも言えず、絶妙なんだよ。産まれたばかりの赤ん坊も、ニッコリーに怯えを見せていねえ。一番興味深いのは、母親のルンがニッコリーに対し、ある程度、接近を許してるってところよ」

「でも、確か、これを何度も繰り返して……ルン、苛立《いらだ》っちゃったんです。で、威嚇《いかく》を。結局、ニッコリー、追い払われちゃって。落ち込んでるところを誘導したら、素直に移動してくれて」

「調子に乗りすぎたんだろ。だがよ、普通なら、そもそも、そこまで近づけやしねえんだ。出産直後の母イルカは、赤ん坊を守ろうと必死。ちょっかい出してくるイルカがいたら、早々に威嚇して追い払うもんなんでな」

チーフは手を戻して、一呼吸入れる。「で、本題だ」と言った。

「ニッコリーの行動については、吉崎も俺も、おめえから話を聞いていた。だが、実際に見るのは初めてよ。吉崎は驚いちまった。吉崎に言われて、俺も見た。で、同じように驚いちまった。なんだ、こりゃあ。もう、そっくりじゃねえか」

「そっくり？　あの、何に？」

「ほぼイルカ」

「いや、ほぼじゃなくて、完全にイルカ……」

チーフが自分を見る。吉崎姉さんも自分を見る。

二人同時に言った。

「保母イルカだよ」「保母さんの保母や」

どこかで、似たようなことを聞いた覚えがある。

「ああ」

由香は独り合点して手を叩いた。

「思い出しました。以前、ペンギン舎であったやつですね。親鳥に代わって、ペンギンの赤緑が雛《ひな》に吐き戻しの流動食を与えてました。あれですよね」

「あれですよねって……たとえになってねえんだよ。普通、ペンギンは、そんなことしねえ。だから、ありゃあ、まさしく奇跡。イルカとは違う」

「違う？」

「イルカは群れで共同哺育をすることがある。保母イルカは珍しくねえ」

「じゃあ、別に驚かなくても」

「驚かなくてもって、おめえ」

チーフは途中で言葉を飲み、再び自分を見る。次いで、吉崎姉さんも自分を見る。

二人同時に言った。

「オスだろ」「オスや」

チーフは苦笑い。「覚えとけ」と言った。

「通常、保母イルカは、群れの中で、成熟したメスがやる。それがイルカの生態。ただし、母親イルカに認められなくちゃなんねえ。『赤ん坊を託してもいい』ってな。当然、簡単にはいかねえよ。保母イルカは、母親の警戒心を解くため、近づいたり離れたりを何度も繰り返す。そうやって、徐々に近づいていくんだ。それにそっくりなことを、ニッコリーはやってんだよ」

チーフは再び目を画面へ。あきれたように「まあ」と言った。

「ニッコリー自身には、哺育なんぞっちゅう大層な意識はねえんだろうな。おそらく、遊びの延長線なんだろう。だが、こいつあ、ありがてえ。赤ん坊は、これから、いろんな事柄に慣れていかなくちゃならねえ。慣れは、早ければ早いほどいい」

「慣れ？」

「赤ん坊は、まず、母親以外のイルカに慣れなくちゃなんねえ。そこで、必要となるのが、イルカ同士の顔合わせよ。まずはニッコリーから始める。映像から見る限り、それが無難だろ」

「顔合わせなら、まず勘太郎なんじゃ？　父親イルカですし」

「イルカっちゅう生きモンはよ、母性は極めて強いんだが、父性にはあまり期待できねえんだ。思い返してみな。ニッコリーとＣ１の関係がそうだっただろうが」

記憶をたどってみた。

入館したばかりの頃だから、細かなことは覚えていない。だが、Ｃ１はニッコリーだからといって、態度を変えることはなかったような気がする。おチビちゃんの仲間——そんな雰囲気の接し方だった。

「まあ、勘太郎の性格を考えると、大丈夫だとは思うんだがな。時々、赤ん坊をつついたり、求愛行動でメスを追いかけ回したりするオスがいるんだよ。とっぱじめから、そんなことになってみろ。赤ん坊が怯えきっちまう。だから、まずは危険性が低そうなニッコリー。おめえも分かってると思うがよ、イルカっちゅうのは模倣行動で成長していくもんよ。うまくいきゃあ、いろんな事柄を、ニッコリーを通じて慣れさせることができる」

納得。メモ帳に書き留めた。まずはニッコリー。次に勘太郎。だが、先程、チーフは「いろんな事柄に慣れ」と言っていた。ということは、まだ、この先がある。

「イルカ同士の顔合わせで、問題が無ければ……あの、その次は？」

「人間だな」

「人間？」

「なんと言っても、まずは、おめえよ。で、吉崎にヒヨロ。それに、嘱託獣医の磯川《いそかわ》。慣れてもらわなきゃ、健康管理がままならねえ。最終的には、人間という存在そのものに慣れてもらわなきゃな」

メモ帳に追加した。勘太郎の次に自分。

「理解しました。で、この顔合わせ、いつに」

「明日、朝一番でやる。どの段階までやるかは、赤ん坊の反応次第。こういったことは、慎重に進めなきゃならねえんだ。無理すると、母親が赤ん坊を守ろうと、暴れ出すから」

「あの、実施メンバーは？」

「当然ながら、おめえとヒヨロ。そこに俺と吉崎が加わる。微妙な判断が必要となるかもしんねえんでな。ああ、それと、ドライスーツを着用してくんな。いつ、プールに入ってもいいように。吉崎も着用すっから。何が起こるか分からねえや」

「何がって、あの、何が」

「分からないから、『何が』なんだよ。分かってるなら、手を打たあな。要するに、気を抜くなってこった」

チーフは肩をすくめて、目を画面に戻した。

画面には、出産直後の赤ちゃんが映っている。画面の姿に先程の姿を重ねた。体格も泳ぎも、随分としっかりしてきている。別のイルカに見えると言って良いくらいだ。今後、いろんな課題は出てくるだろう。だが、子育てにトラブルはつきもの。きっと、大きな問題にはならない。明日で『魔の十日』は終わるのだから。

――何が起こるか分からねえや。

画面を見つめる。由香は拳を握った。

第二プール　月夜コール

1

これより、イルカ達の顔合わせ。朝日の中で、ニッコリーは身を揺すっている。

「まだだからね、ニッコリー」

由香は『待て』のサインを出し直した。

連絡水路で身をかがめる。プールサイドへと目をやった。プールサイドには岩田チーフ。その横には、万が一に備え、医療器具一式を載せたワゴンが置いてある。

イルカ館から吉崎姉さんが出てきた。

「すんません、チーフ。遅うなりました。久々のドライスーツで、ちょっと、手間取ってしもうて」

「なんでえ、おめえだけかよ。ヒヨロはどうした」

「室内プールで、待機してもらってますわ。ニッコリーがうまくいったら、次は勘太郎。水路が空いたら、連れて来てもらわんと。最初の顔合わせにも立ち会わせるなら、呼んできますけど」

「いや、呼ぶこたあねえ。その方がいいや」

チーフはこちらへと向く。手を挙げ「始めっか」と言った。

「ニッコリーを入れてやってくんな」

了解と返して、立ち上がる。視線を足元へ。ニッコリーに向かって人差し指を立てた。そして、その指をゆっくりイルカプールへと向ける。これは進行方向を示すサイン。

水路の柵を開け、思い切り腕を振った。

「GO、ニッコリー」

ひゃっほう、久し振りぃ。

ニッコリーは一跳ねして、勢いよくイルカプールへ。一気に加速し、猛スピードでプールを周回していく。もうルンも赤ちゃんも、目に入っていない。久々のイルカプールに興奮してしまったらしい。

「落ち着いて、ニッコリー」

プールサイドへと駆け寄り、気を引こうとした。が、そんなことで、ニッコリーが止まるはずがない。更に三周半程、猛スピードでプールを周回。そこで、ようやく気がすんだらしい、スピードを緩《ゆる》めて、プールの真ん中へと出た。こちらに向かって顔を上げる。機嫌良さげに、けら、けら、と鳴いた。

そういや、ちっちゃい子、いたよねえ。

ニッコリーは身を戻すと、ルンと赤ちゃんの後方へ。少し距離を置いて、二頭の斜め後ろを泳ぎ始めた。つかず離れずの間合い。初日に見たのと同じ光景だ。

「これですわ、チーフ」

吉崎姉さんがプールサイドにかがみ込む。手をついて身を乗り出した。

「うまいもんでっしゃろ。きちんと斜め後ろから。驚かさんように、ちゃんと視界に入る位置におりますねん」

チーフもかがみ込む。同じように手をついた。

「確か、初日は、ルンに追い払われたんだったな。どのくれえ、近づいたところでえ？」

「そらあ、もっと近づいて、並んで泳ごうとしてから。赤ちゃんとの間を詰めようとしてガツンと……あ、来ましたで。ニッコリー、また、やろうとしてますわ」

ニッコリーが後方からルンと赤ちゃんに近づいていく。今のところ、ルンと赤ちゃんに警戒する素振りは見えない。

由香は拳を握りしめた。いける。

「その調子、ニッコリー」

距離、およそ一メートル半。この距離で、ルンと赤ちゃんがニッコリーに気づいていないわけがない。だが、避けようとする態度は見えない。ニッコリーは更に接近し、距離およそ八十センチ。ルンと赤ちゃんの態度に変わりはない。いけ、ニッコリー。

ニッコリーは滑り込むように赤ちゃんの横へと入った。

「並んだ」

赤ちゃんの外側にはルン。内側にはニッコリー。その間で赤ちゃんは泳いでいた。赤ちゃんはルンの水流に引き寄せられて、ルンの方へ。しばらくすると、ニッコリーの水流に引き寄せられて、ニッコリーの方へ。外へ内へと揺れながら、泳いでいる。なんだか、楽しそうではないか。

「信じられねえ」

チーフがプールに身を乗り出した。

「本物の保母イルカでも苦労すんだぜ」

しかし、どうしたことか、三頭は徐々にスピードを落としていく。そして、漂うように泳ぎ始めた。だが、それも長くは続かない。ルンは身をくねらせ、ニッコリーに呼びかけるように一鳴き。ゆっくりと離れていく。

少しの間、お願いね。

ニッコリーは心得たとばかりに、ルンのいた位置へと移動。そして、泳ぎを再開した。壁から守るように、ちゃんと赤ちゃんの外側を泳いでいる。赤ちゃんは完全にニッコリーの水流に乗った。怯《おび》えてはいない。それどころか、どことなくニッコリーの泳ぎを真似ようとしているように見える。

「おいおい、ここまで、やるかよ」「やっとりますな」

「続けてやっちまうか、勘太郎も」「やるしかありませんでっしゃろ」

チーフは「よし」とつぶやくと、振り向いた。連絡水路では既にヒヨロが勘太郎を連れて待機中。ヒヨロは緊張しているらしい。顔を強張《こわば》らせていた。

「なんて顔してんでえ」

「こんな顔してますゥ」

「何か起こりゃあ、こっちで何とかすっから。おめえはリラックスしてよ、勘太郎にサインを出してくんな」

ヒョロはぎこちない仕草でうなずいた。勘太郎に向かって人差し指を立て、次いで、イルカプールを指さす。腕を振り、かすれ声を出した。

「お願い、行って」

勘太郎はイルカプールに悠然と泳ぎ出た。

久々のプールを確認するかのように、ゆったりとした泳ぎで周回している。マイペースで淡々。その態度は、以前と何も変わらない。ルンと赤ちゃんに配慮する素振りは無いが、かといって、追い回すようなことも無い。いかにも勘太郎らしい。

チーフと姉さんは、プールサイドに手を付けて前のめり。その格好のまま、何やら相談し始めた。

「どうする？　えれえスムーズだしよ」「どうするって、何をでっか」

「うまく行ってるうちに、と思ってな」「やりましょ。見せるだけやし」

姉さんは立ち上がった。そして、医療ワゴンへ。その後ろに置いていた給餌バケツを手に取る。こちらを向くと「いこか」と言った。

「まずはヒトミセや」

「あの、ナニミセ？」

「人見せ――アクアパークの俗語や。プールに入って、間近で姿を見せるねん。今日のところは、ボーッと立っとるだけや。こっちからは近づかん。赤ちゃんにとっては、陸におったモンが、いきなり水の中にやってくるわけや。それだけで、驚きやから」

「でも、給餌バケツの魚は？　赤ちゃん、食べるの、無理ですよね」

「これはルンやニッコリーのためのモン。あれば、向こうから赤ちゃん連れて、近寄ってくるかもしれへんから。どうなるか分からへんけど、ともかく入ろ。給餌バケツは任せるで」

姉さんは給餌バケツを水際に置いて、プールの中へ。

その背に続いて、自分もプールの中へ。左手はプールサイド、右手は給餌バケツ。そんな体勢でプール内へと向く。そのとたん、給餌バケツ目がけて、ニッコリーが泳ぎ寄ってきた。なんと、赤ちゃんを置き去りにしている。

「ちょっと、ニッコリー。赤ちゃん、どうしたのよっ」

「大丈夫。ルンが戻っとる」

赤ちゃんへと目をやった。確かに、ルンは既に赤ちゃんの傍らにいる。早くも育児休みは終了。結局、休めたのは五分程度か。

「ニッコリーは本物の保母イルカやない。いわば、妹の面倒を見るお兄ちゃんってところや。何か楽しそうなことがあれば、そっちに夢中になる。そらあ、しゃあないで」

ニッコリーが気楽そうに身を振った。

そうそう。お魚、早くちょうだい。

ため息をつきつつ、手を給餌バケツにやった。イカナゴを一匹、ニッコリーの口元へ。ニッコリーは一飲みにし、満足げにプールサイドを離れていく。

「ルンや。来たで」

ニッコリーと入れ替わるように、ルンが赤ちゃんを連れてやってきた。だが、間近までは近づいてこない。手前で曲がって方向転換。少し離れたところを横切っていく。

「ちょっと遠いけど、投げ入れ給餌をしてみよか。うちが給餌バケツを持っとくから」

バケツを姉さんに手渡した。投げやすそうなホッケの切り身を手に取る。ルンの前方辺りに狙いを見定めて、ホッケを投げた。悪くない位置にホッケは着水。だが、ルンは素通り。見向きもしない。

「反応せえへんねえ」

「投げるタイミングが、まずかったんでしょうか」

「そうやないと思うで。昨日はプールサイドからの投げ入れで食べてたんやから。警戒されたんかも……いや、違う。来るで。見て」

姉さんの視線を追った。

ルンは周回を中止して、Uターン。赤ちゃんを連れて、再び近づいてきた。しかも、その背後にはニッコリーもいる。今度は、三頭そろって、だ。

姉さんが猫撫で声で呼びかけた。

「ええで、ええで。そのまま、そのまま」

だが、三頭は少し離れた所で進むのを止めてしまった。近づくことなく、ただ漂っている。やはり、警戒しているのかもしれない。取りあえず、給餌バケツからアジの切り身を手に取る。しかし、投げ入れる間は無い。

「どういうこと？」

なんと、ルンは赤ちゃんをニッコリーに任せ、単独で近寄ってきた。目の前まで来ると、ゆっくりと顔を上げる。そして、口を半開きにした。謎の行動ではないか。先程は、投げ入れ給餌を拒んだのだ。手元給餌なら食べたいということか。

隣で姉さんも首を傾げていた。

「なんやろな。ともかく給餌してみて」

手にあるアジを、ルンの口元へ。が、ルンは再び謎の行動に出た。半開きの口を閉じてしまったのだ。しかも、アジを払うように、その口を横に大きく振る。アジは勢いよく脇へ飛んでいった。

わざわざ間近に来て、拒否?

もう何が何やら分からない。救いを求めて、姉さんを見やった。姉さんはルンを見つめている。「魚やないな」とつぶやいた。

「何か、他のモン、求めとる」

「他のモン？　何を？」

姉さんは黙って首を横に振った。そして、またルンを見つめる。ルンも姉さんを見つめる。互いに向き合うイルカとヒト。水族館では珍しい光景ではないが……いつもと、どこかが違っている……どこかが。

「もしかして」

「もしかして？」

「はっきりとは言えないんですけど……その、ルンの目が。鈍いと言うか、どろんとしてると言うか」

表現が難しい。どう言えば、伝わるだろう。言葉を探していると、突然、ルンが身震いするように身を振った――ブシュ。頭上の呼吸孔から、空気が噴き出る。

「姉さん、まさか、これって」

「咳やな。イルカの咳」

ルンはゆっくりと動いて、視線を自分の方へ。どろんとしているだけではない。どこか、すがるような目をしている。

背後で医療ワゴンの音がした。

「念のため、測っとくか」

チーフだった。

「おめえ達はそこにいていいぜ。俺がやっから。ルンは測定に慣れてるがよ、傍らにいてやった方がいいだろ」

チーフはかがみ込んで、手を医療ワゴンへ。一番下の段から体温測定器を取り出し、水際へと置いた。それだけでルンは察したらしい。サインも無いのに、その横へと移動する。そして一回転。仰向けになって、おなかを見せた。

「待ってな。すぐに測っから」

チーフは慣れた手つきでセンサーコードを直腸内へ。表示数値が上がっていく。三六、三七、三七・三、三七・七……。

『三七・八℃』

「予定変更だな」

チーフはルンの脇腹に軽くタッチ。終了のサインを受け、ルンは姿勢を戻した。身をひるがえして、赤ちゃんの元へと戻っていく。

チーフが硬い表情で立ち上がった。

「悪いがよ。ニッコリーと勘太郎を、もう一度、室内プールへ戻してくんな」

「あの、顔合わせ、うまくいったんじゃ……」

「状況が変わったんだよ。取りあえず、いったん、昨日の状態に戻す。取りあえず、今のところは、そういうことで理解してくんな」

チーフは自分と吉崎姉さんを交互に見る。

「俺ァ、これから館長と出かけなくちゃなんねえ。だがよ、今日は磯川の定期来診日。そろそろ来る頃だろ。磯川が来たら、その指示に従ってくんな。俺も用事を済ませ次第、戻るようにすっから」

魔の十日は、まだ終わっていない。

唾を飲み込む。由香は黙ってうなずいた。

2

先生はカルテを書き込んでいる。ヒョロは室内プールで給餌、姉さんもペンギン舎で給餌。今、プールサイドには、先生と自分しかいない。

由香はぼんやりと磯川の手元を見ていた。

ニッコリーと勘太郎を移動させ終えると、先生はやって来た。事情を説明すると、即座に先生は呼気検査と採血を実施。終えるやいなや、メイン展示館の検査室に直行した。戻ってきたのは、一時間程たってからのこと。先生はプールサイドでルンに注射。医療ワゴンの上にカルテを置き、何やら書き込み始めた。それを今、自分はぼんやりと見ている。

「嶋君、食欲はどうかな」

「え?」

我に返った。先生は授乳記録を見返している。

「ルンだよ。給餌はできてるかい」

「今日はイワシを一匹だけしか。それ以上、食べようとしなくて」

「すり身粥《がゆ》で与えた方がいいな。理由は分かるね」

黙ってうなずいた。

イルカは海の中にいるが、海水は飲んでいない。外部摂取する水は、魚などに含まれる水分なのだ。そのため、食欲不振は脱水につながりうる。すり身粥とは、魚の切り身をすり潰し、湯で溶いて粥状にしたもののこと。これをカテーテルで直接、胃へと流し込む。この粥を初めて作ったのはＣ１の時のことだった。あの時のことは今も忘れられない。

「このあと、薬を渡すから、それを……」

観客スタンド側の通路から足音が聞こえてきた。

野太い声が響く。

「磯川、いろいろと悪いな」

チーフだった。チーフは柵の戸を開けると、そのまま医療ワゴンへ。カルテをのぞき込む。しばらくして顔を上げ、先生を見やった。

「何となく見当はつくが……おめえの見立ては、どうでえ」

「ずっと妊娠管理をしてきましたから、ルンの状態は詳しく分かってます。器官の機能障害等はありません。症状を考え合わせると、細菌性のものかと」

「豚丹毒《とんたんどく》じゃねえよな。先月、北関東の方で発生とか聞いたがよ」

「症状が違いますので、その件は大丈夫ですね。取りあえず、一般的な抗生物質――いえ、抗菌剤で大丈夫かと」

「特定できるか」

先生は手をカルテへ。分厚いページの中から、厚紙の写真を一枚取り出した。

「呼気検査の写真です。塗布ベースの簡易検査ですから、細かなことまでは分かりません。ただ、大雑把な方向性は分かります。一般的な抗菌剤で対応可能かと。それに加えて、対症療法を実施です。ただ、問題は」

先生は言葉をいったん区切った。そして、息をつく。

「状況が状況……ですから」

「だな」

チーフは手を医療ワゴンへ。授乳記録と飼育日誌を手に取った。

「場所を変えるか。ここじゃ話しづれえや。小会議室とか、どうでえ」

先生はうなずいた。二人はそろって、プール隅の通路の方へ。柵の戸を開け、メイン展示館の方へと向かっていく。

イルカ館の方で声が上がった。

「二人とも何じゃいな。説明もせんと」

吉崎姉さんがイルカ館から出てきた。あきれたように首を振る。

「まったく、担当をなんやと思うとるんやろ」

「姉さん、さっきの話、聞いてたんですか」

「聞いとったで。イルカ館の出入口まで来たら、ちょうどチーフが帰ってきたところでな。余計な口は挟まん方がええと思うて、黙って聞いとったんやが」

姉さんはため息をついて、自分の方を見る。

「理解できたか。さっきの話」

「それが」

言葉に詰まった。二人がルンの状態について話していたことは理解できる。だが、初めて耳にする単語も多かった。

「それが、その……あまり理解できなくて」

「知っといた方がええこともある。説明しとこか。まず豚丹毒」

チーフが最初に口にした用語だ。そのあとの会話の流れから、病気の話であることは分かる。だが、それ以上のことは見当もつかない。

「名前の通り、豚でよく知られた病気や。イルカの担当者は皆、まずこれを怖《おそ》れる」

「あの、豚の病気なんですよね」

「イルカは、分類学上、鯨偶蹄類《くじらぐうているい》。聞いたことあるやろ。生き物の進化から言えば、偶蹄類と鯨類は親戚みたいなもんやねん」

「グウテイルイ？」

「蹄《ひづめ》が偶数の動物――豚、羊、牛、それにカバってところや。で、豚の病気にイルカもかかる。イルカがかかると、あっという間でな」

息を飲んだ。似たような話はチーフからも聞いたことがある。だが、生き物の進化など教科書に載っているだけの話――そういう思いが抜けなかった。だが、今、それが重く肩にのしかかる。

「次は、呼気検査。息に含まれとる細菌の種類を調べるんや。いろんなやり方があるんやけど、通常は、最寄りのラボに出して分析してもらっとる。けど、それやと、急いでも半日以上はかかる。今日、磯川さんは自分でやった。なかなか戻ってこんかったのは、そのせいや。写真は検査結果の拡大写真。薬品処理して染色する簡易検査なら、その場でできるからな。今は半日がもったいない」

「あの、そんなに悪いんですか。ルンの状態」

「そういう意味やない。そうやのうて」

胸元で何かが震動する。自分の携帯だ。

即座に姉さんが「出て」と言った。

「たぶんチーフやから」

携帯を取り出して、画面を見た。姉さんの言葉通り、電話はチーフから。慌てて電話へと出る。

チーフはいきなり話し出した。

「やっぱり、おめえも来てくんな。ちょっと説明してえことがあんだ。今、磯川とよ、小会議室にいっから」

「分かりました。ちょうど、吉崎姉さんもいらっしゃるので、一緒に」

「いや、おめえだけでいい。吉崎は分かってるから。ともかく早く来てくんな」

電話は切れた。

「行ってきぃ」

吉崎姉さんが自分を見つめている。

「うちは、いったん、ペンギン舎に戻るから。何か決まったら、すぐに呼び出して。たぶん、やらんとあかんこと、いろいろ出てくるから」

「あの、チーフの話って」

「行けば、分かる」

姉さんは黙ってプールを見つめる。そして、深く長いため息をついた。

3

話し声が聞こえる。緊張しつつ、小会議室のドアをノック。

由香は室内に足を踏み入れた。

窓際の打ち合わせテーブルに、チーフと先生がいた。向かい合わせに座りつつ、二人ともテーブル上の資料を見ている。

チーフが顔をこちらへと向けた。

「呼びつけて、悪いな。ここに来て、座ってくんな」

軽く一礼してテーブルへ。メモ帳を取り出し、先生の横に腰を下ろした。テーブルにはカルテと飼育日誌、それに授乳記録のバインダーが広げられている。

チーフはいきなり話を切り出した。

「人が足りねえ。まずは梶を呼び戻す。今、基準作りプロジェクトで、ウェストアクアの東京支店に詰めてんだけどよ。なりふり構ってられねえや。この打ち合わせが終わったら、イタチ室長に連絡を入れるつもりよ。『梶を戻させてもらいてえ』ってな」

　現場としては、人数増加はありがたい。だが、なんとも急な話だ。

「状況次第なんだが、また海遊ミュージアムに手伝いを頼むかもしんねえ。そのことについては、もう鬼塚《おにづか》に話をしてある。当然、アクアパークとしても、全館体制でシフトを組むつもりよ」

「あの、それって、ルンのためですか」

「当然、それはある。だがよ、どちらかと言えば、赤ん坊……いや、おめえのためだな」

「私のため？」

　意味が分からない。怪訝な顔を返すと、チーフは言いにくそうに頭をかく。少し間を置いてから「説明すらあ」と言った。

「引き離すことにした。いろいろと悩ましいことはあるんだけどよ。俺と磯川の間では、そういう結論になっちまった。で、おめえを呼んだってわけよ」

「あの、引き離すって、何から何を」

「ルンから赤ん坊を。それしかねえ」

　息を飲む。由香は言葉を絞り出した。

「あの、どうしてですか。赤ちゃん、今、少しずつ、いろんなことに慣れてきてるところで……」

「赤ん坊はよ、免疫が十分じゃねえ。だがよ、出産直後の母子イルカっちゅうのは、常に、一緒にいる。頻繁に授乳するし、時にはタイミングを合わせて、一緒に水面で呼吸したりもする。普段なら、『ほほえましい』ってところなんだが、こうなると、ちょっとな」

チーフが促すように先生の方を見る。

先生は手をカルテへとやった。写真を何枚か取り出し、テーブルに並べる。写真には、赤や青、幾つもの丸い物体が映っていた。吉崎姉さんから説明を聞いたから、見当はつく。呼気検査の写真——染色した顕微鏡《けんびきょう》写真だ。

「今の段階では、病原を特定することは難しいんだ。ちょっと判別しにくい菌が幾つかあってね」

先生は専門用語を口にしながら、写真の各所を指さしていく。むろん、自分に専門的な内容が分かるわけがない。

「なんとか、ここまで絞り込んだんだけどね。残った可能性の中に、獣医としては気になる菌が含まれてる。で、赤ちゃんとルンを引き離す案が出てきたわけでね」

今度は先生がチーフを見やる。

チーフが説明を引き継いだ。

「だがよ、この時期、母イルカと子イルカを引き離すことは、簡単じゃねえんだ。産後間もない赤ん坊となると、保定すら難しい。ショック死っちゅう危険性も無いわけじゃねえんでな。まあ、もう産後十日目。かなり危険性は薄れてきてるんだが」

チーフはいったん言葉を切り、授乳記録へと目を落とした。数枚ほどめくって、ため息をつく。顔を上げると「問題は」と言った。

「乳なんだよ。『引き離す』っちゅうことは、『乳が途絶える』っちゅうことでもある。哺乳類の初期哺育ではよ、乳が途絶えると、命も途絶える。それを防ぐためにも、誰かがルンの代わりになって、乳を与え続けなくちゃならねえ」

手のひらに汗が滲む。なんとなく呼び出された理由が分かってきた。

「つまり、人の手による哺育——人工哺育をするしかねえんだ。だが、こりゃあ、妊娠管理や出産より、ずっと難しくてな。国内でも数えるほどしか事例がねえ。そもそもイルカ用のミルクなんて無いからよ、近い成分のミルクを手作りするところから始めなくちゃなんねえ。人工哺育の方法が確立したのも、昔の話じゃねえんだ」

チーフは授乳記録を押しやった。

「直近半日分を見るとよ、今の授乳間隔は二十分から三十分。できることなら、これを維持してえ。だがよ、あまり頻繁だと、授乳のための保定が、赤ん坊にとって過大な負荷になる。これは人間にとっても同じこと。過大な負荷と言っていい」

「人間にとっても？」

「気が抜けねえ状態がずっと続く。やってる間は寝ることもできねえ。合間には、イルカ用のミルクも作らなくちゃなんねえ。まあ、様子を見て、一時間半くれえまでは、間隔を開けることも可能だとは思うけどよ。いずれにせよ、赤ん坊の負荷、人間の負荷、どちらも並大抵のもんじゃねえ」

チーフは授乳記録を見つめたまま息をつく。「だがよ」と言った。

「事、ここに至れば、選択肢は二つしかねえ。一緒のままにして、赤ん坊も病気になっちまう危険を取るか。引き離して、人工哺育の危険を取るか。難しい選択よ。悩みに悩んだんだが、俺と磯川は人工哺育の方を採った。だがよ、これには」

チーフが顔を上げる。視線が真正面から向かってきた。

「おめえが欠かせねえ」

「あの、私？」

「イルカ母子の絆は固い。単純に引き離そうとすれば、抵抗して暴れるかもしれねえ。

いいか。ルンが赤ん坊を託せるのは、おめえだけなんだよ」

「でも、私、そんな技術は……」

「今日、ルンは自ら、おめえの元に来た。魚目的でもなければ、遊び目的でもねえ。おめえに頼るために、間近まで来たんだよ。もし、プールに入ったのが俺だったなら、近寄ってもこなかったろうな。体調不良の時はよ、警戒心が増して、近寄ろうとしねえもんだから」

頭にプールでの光景が浮かんでくる。あの時、ルンは、どこか、すがるような目をしていた。

「イルカはもともと仲間意識の強い生きモンよ。おめえは、その仲間に加えられているようなところがある。C1の担当をしてた頃から、そうよ。こればかりは、理屈では説明しきれねえ。だがよ、この仕事してっと、確かに、そういうもんがあるって感じることがある。今がそれよ」

チーフは先生の方を見やった。先生が軽くうなずく。

チーフは視線を戻した。

「取りあえず、全館シフトを再開する。おめえを中心にして組むつもりなんだが、今言ったように、楽な仕事じゃねえ。イルカの人工哺育ってえのは、いわば、自分が赤ん坊の母親になるってことよ。腹が据わってなきゃできるこっちゃねえし、無理強いして、うまくいくことでもねえ。おめえの胸の内をよく聞いておかなくちゃな」

聞かれるまでもない。後悔はしたくない。

「チーフ、私、やります。私、赤ちゃんの母親に……」

その時、廊下の方で物音がする。言葉を飲んで、そちらへと目を向けた。

突然、ドアが開く。

「チーフ、俺も」

先輩が飛び込んできた。肩で息をしている。また走ってきたらしい。

チーフがあきれたように「梶」と言った。

「誰から聞いた？　おめえには、まだ話してねえんだが」

「午前中、姉さんから連絡をもらったんです。『どうするか、判断は自分でしぃ』って。こうしちゃおれないと思って、仕掛かりの仕事を片付けてきました。先送りにできるものは先送りに。もちろん、イタチ室長の了承は取り付けてあります」

先輩は打ち合わせテーブルへ。傍《かたわ》らまで来ると、深々と頭を下げ「お願いします」と言った。

「俺にもやらせて下さい」

先程、チーフは先輩を「呼び戻す」と言っていた。当然、すぐにうなずくものと思いきや、チーフは眉間に皺を寄せ、答えようとしない。ただ、ため息をつく。しばらくして、「俺ァ、悩んだんだ」と言った。

「すぐに、おめえに連絡しなかったのはよ……おめえがまだ昔のこと――ニッコリーの母親のことを引きずってるからよ。こだわってんなら、やめときな」

「こだわってるわけではないです。冷静に判断してます。今、人手に目処《めど》をつけておかないと、人工哺育なんて……」

「人手なら、俺の人脈を全て使って、何とかすらあ。そんなことよりよ、こんな時に、個人的な感傷を持ち込むのは危険なんだよ。今のおめえ、見るからに、感傷たっぷりじゃねえか。冷静な判断ができねえ奴に、やらせる仕事じゃねえんだ」

先生が話に割って入った。

「チーフ、梶は経験者で、かつ、もう中堅です。多少の感傷はあるかもしれませんが、冷静さを失うことはないかと。それに嶋君を中心に回すなら、そのサポート役として、打って付けだと思うんですが」

チーフはうなった。目をつむって、腕を組む。しばらくして「分かった」とつぶやき、目を見開いた。

「どのみち、一人でできる作業じゃねえ。一人が赤ん坊を支えて、もう一人が授乳。最低でも、二人はいるんだ。となりゃあ、嶋とおめえ、二人のペアを中心にして、シフトを組むしかねえ。いいな」

先輩がうなずく。自分もうなずく。

矢継ぎ早の指示が飛んできた。

「決めたからには、グズグズはできねえ。梶、おめえは設備担当だ。メディカル・ミニプールの準備をしろ。濾過《ろか》系をチェックして、水を張れ。取りあえず、水位は室内プールと一緒にするしかねえが、あとの細かな調整は任せる」

由香は唾を飲み込んだ。

メディカル・ミニプールは、元々、療養用の小さなプール。室内プールに隣接しているが、普段は遮蔽壁で閉ざされていて、使われたことがない。『開かずの間』などと呼ばれているくらいなのだ。ルンの出産準備の際、万が一に備えて、設備関係をチェックしたが、幸い、使うことは無かった。だが、まさか、今になって使用することになるとは。

「次に、嶋」

居住まいを正して、チーフを見つめる。チーフは硬い表情のまま言葉を続けた。

「おめえは赤ん坊に関すること全般を統轄しろ。まず、やるべきは、赤ん坊をミニプールに移動させる手立てを考えることよ。吉崎と相談しな」

「あの、手立て？」

チーフは卓上のメモ用紙を手に取った。そして、大、中、小と、三つの楕円を描く。ボールペンの先で、その三つを順に小突いた。

「大きい順に、イルカプール、室内プール、メディカル・ミニプールと考えてくんな。まず、屋外のイルカプールはルン専用とする。室内プールには勘太郎とニッコリー。メディカル・ミニプールは赤ん坊専用として、授乳に使用する。問題は赤ん坊よ。イルカプールからミニプールまで移動させなくちゃなんねえ。だがよ、まだ出産後十日。陸上搬送は危険性が高い。やりたくはねえ。そこでだ」

チーフはミニプールと室内プールを二本の斜線でつないだ。次いで、室内プールとイルカプールも二本の斜線でつなぐ。

「ミニプールの遮蔽壁《しゃへい》を上げりゃあ、水路で室内プールとつながる。むろん、室内プールとイルカプールは、常時、つながってる。理屈の上では、赤ん坊は泳いでミニプールに行けるはずよ。そして、赤ん坊は母親のルンに付いてくる。ここまで言えば、もう分かるな」

「ルンを誘導して、赤ちゃんをメディカル・ミニプールに……ですか」

「その通り。ルンをうまく誘導できりゃあ、赤ん坊を移動させることができるってこった。負荷を軽く済ませようとすると、この手しかねえ」

再び、手に汗が滲《にじ》んできた。チーフは先の先まで読んでいる。

「口で言うと簡単なんだがよ、相手は生き物なんだ。引き離すとなりゃあ、母も子も、ショックは避けられねえ。細かな配慮がいる。具体的な手順については、吉崎とよく打ち合わせろ。ああ、それと、注意事項が一つ。移動作業に取りかかる前によ、ルンに補水を実施だ。すり身粥でいい。引き離しのあとじゃよ、ショックで口にしねえ可能性があるから。いいな」

注意事項をメモ帳に書き留める。

チーフは壁の時計へと目をやった。

「母子引き離しの作業は、午後五時半に開始する。海獣グループ全員に声をかけとけ。潜水士の資格を持ってるモンには、全員、ドライスーツを着用させてくんな。必要になるかどうか分からねえが」

チーフはいったん言葉を区切る。そして、自身に、かつ、周囲に、言い聞かせるように言葉を続けた。

「何が起こるか分からねえ。そう肝に銘じねえとな」

この言葉は昨日も聞いた。が、その時には、こんなことになるなど考えてもみなかった。まさしく、何が起こるか分からない。

机の上のメモに目をやる。そこにはプールを示す楕円が三つ。

由香は机の下で拳を強く握りしめた。

4

メディカル・ミニプールが水をたたえている。

梶は水位を確認して、立ち上がった。

プール奥の壁には、はめ込みの窓が一つ。狭いプールサイドを挟み、反対側には扉が一つ。殺風景でこぢんまりとした小部屋だ。だが、もう『開かずの間』ではない。

「点検が……役立つなんてな」

今年の冬、出産準備の際に、設備を念入りに点検した。先程ざっとチェックし直したが、問題は見当たらない。幸か不幸か、出産トラブルに備え、プール内壁も既にクッション材で覆ってある。水位は、今のところ、室内プールに合わせるしかない。

視線を左奥隅へとやった。

遮蔽壁は既に上げてある。開け放たれた空間には短い水路。その先には室内プール。二つの水面はつながった。ただし、今のところは、出入口に柵。ニッコリーと勘太郎は入ってこられない。

この光景を目にするのは、いつ、以来だろうか。

梶は目をつむった。

ニッコリーが産まれた時だから、もう随分と前になる。だが、つい最近のことのような気がしてならない。ニッコリーの母親も好奇心旺盛なイルカだった。プールサイドに立つと、いつも、遊びの催促をしに近寄ってきた。なのに……。

苦い思いが込み上げてきた。

あの時のことは、今も頭に残っている。ニッコリーの母親は、出産直後、まるで別のイルカのようになってしまった。近寄ろうとすると、赤ちゃんであるニッコリーを連れて逃げた。もし、ルンのように自ら近寄ってきてくれたなら、きっと助けられたことだろう。なぜ、近寄ってくれなかったのか。なぜなんだ。

「俺は……信頼されてなかったのか」

——今のおめえ、見るからに、感傷たっぷりじゃねえか。

頭を強く振った。集中だ、集中。今はルンと赤ちゃんのことだけを考えろ。他のことにとらわれるな。冷静であれ。そして、判断を誤るな。

目を大きく見開く。わざと声に出した。

「仕上げだ、仕上げ」

プールに背を向け、左側の壁へ。制御盤の蓋を開けた。遮蔽壁の操作レバーを握る。遮蔽壁は、水路を通る際、邪魔になってはならない。だが、すぐに遮蔽できることも必要だ。両方を考え合わせると、もう少し低い方がいい。

握る手に力を込める。レバーを下ろした。ミニプール側と室内プール側、二つの厚い遮蔽壁が並行して降りていく。重低音を響かせつつ。八〇センチ、七〇センチ……五十センチ。

この位置くらいか。

操作レバーを上げた。壁が音を立てて止まる。

レバーを放すと、少し手が震えていた。だが、もう感傷には浸らない。あいつをサポートするのが自分の役割。サポート役が冷静さを失っては、話にならない。

腕の時計を見た。午後五時二十分。あと十分で作業が始まる。

また、わざと声に出した。

「行かないと」

今日、これで何回目の独り言なんだろう。

唇を噛む。梶は拳を握り、扉口へと向かった。

5

霧雨が降っている。夕焼けの空から。子供の頃、母から聞いたことがある。これは涙雨。おてんと様が泣いているのだと。

傍らから吉崎姉さんの声が飛んできた。

「しっかりしぃ。不安は伝わるんよ。赤ちゃんが見とる。あんたがルンにしとること、見とるんやで」

由香は慌ててカテーテルを持ち直した。

しかし、手の震えは止まらない。手元の震えは、管の先で拡大。カテーテルが右に左に揺れている。

「心配せんでええの。イルカはカテーテルで、オエッってならへんから。人間とは体の構造が違う。落ち着いてやったらええ」

午後五時半、作業はまず、ルンにすり身粥を与えることから始まった。プールサイドで補水と栄養補給。赤ちゃんは少し離れた所で漂っている。そして、時折、顔を上げて、こちらを見た。母親が口に長い管を入れられているのだ。気にならないわけがない。

「そのくらいでええよ。ゆっくりと抜いて」

姉さんの言葉に従い、カテーテルを抜いた。ルンはゆっくりと赤ちゃんの元へと戻っていく。だが、いつものようにプールの周回を始めようとはしない。ただ赤ちゃんと一緒に、漂うように揺れている。

背にチーフの声がかかった。

「いいぜ。カテーテルを戻して、並んでくんな」

抜いたカテーテルを消毒して、医療ワゴンの上に置く。プールサイドには、既に海獣グループの主な面々が顔をそろえていた。その端に姉さんと一緒に並ぶ。

「そろったな」

チーフは全員の顔を見回した。

「始める前に、流れをおさらいしとくぜ。まず、吉崎と嶋がイルカプールに入って、ルンと赤ん坊を誘導。ルートは、まず、連絡水路から室内プール。更に、室内プールからメディカル・ミニプール。もう遮蔽壁は上げてあっから」

チーフは、確認するように、ゆっくりとしゃべっている。

「母子が入ったところで、赤ん坊だけを保定する。その間に、吉崎はルンを連れ出してくんな。ルンが室内プールへ完全に出たところで、遮蔽壁を下ろすから。おそらく、この方法が一番、母子の負担が軽い」

チーフは手元のメモに目を落とした。が、すぐに顔を上げる。

「吉崎と嶋以外の役割を言うぜ。まず、ヒョロと前田《まえだ》。給餌しながら、室内プールにニッコリーと勘太郎を留めとけ。大事なところで邪魔されちゃ、台無しになっちまうからな。次に、梶。ミニプールにいて、入ってきた赤ん坊を保定してくんな。それから、浦。おめえは遮蔽壁の操作を頼まあ。磯川は、万が一に備えての遊軍。まずいことが起こったら、駆け付けてくんな。俺ァ、このプールサイドか室内プールにいっから。こんなところよ。何もかも、ぶっつけ本番なんだが、一発で決めなくちゃならねえ。気を入れてやってくんな。以上。各自、持ち場についてくれ」

各自それぞれの役割を果たすべく、持ち場へと散っていく。チーフが吉崎姉さんを促すように見た。姉さんはうなずき、自分の方を見る。

「ほな、入るで」

スイムフィンを付け、姉さんと一緒にプールの中へ。すると、すぐにルンが泳ぎ寄ってきた。それも赤ちゃんを連れて。そして、自分の目の前で、赤ちゃんと一緒に静止。顔を上げる。目と目があった。

赤ちゃんを、お願い。

「分かっとるんや」

姉さんがため息をついた。

「ルンは何があるか察しとる」

「そんな。人間の役割分担だけでも、ややこしいのに」

「細かなことは関係ない。生きモンの直感みたいなもんは、人間もイルカも、そうは変わらん。ルンは今、あんたに赤ちゃんを託しとる。こんなこと、そうそうあることやない。そっと、赤ちゃんに触れたり。ルンが見とる間に」

「え、でも」

「最初、母親は赤ちゃんを、しゃかりきに守る。けど、次第に他者との接触を許していくんや。そうやって、赤ちゃんの世界は広がっていく。保母イルカも、そうやって決まるんや。さあ」

姉さんに促され、そっと指先で赤ちゃんに触れた。そのとたん、赤ちゃんは身震い。

だが、その場を離れていこうとはしない。

「それでええ」

姉さんはルンを見やった。

「うちがルンを誘導する。移動中、赤ちゃんに対してやることは、何も無い。母親のルンに付いてくるから。あんたは一番後ろで、それを見守っとって。万一、赤ちゃんがどこかに行きそうになったら、大声で言うて。その場でいったん、止まるから」

黙ってうなずく。

姉さんはルンに向かって人差し指を立てた。通路の方を指さし、次いで、自身の胸を指さす。そして、大きく腕を横に振った。一緒に移動する時のサインだ。

「ついて来てや、ルン」

姉さんは連絡水路へと向かった。ルンは姉さんについて行く。赤ちゃんはルンについて行く。自分は最後尾でついて行く。連絡水路を、姉さん、ルン、赤ちゃん、自分の順で整然と通過。そして、室内プールへと入った。

プール隅の遮蔽壁は既に上がっている。プール水面の上には、五十センチ程度の空間。姉さんはその前で泳ぎを止めた。こちらへと向く。

「距離を詰めて。ミニプールに入ったら、うちとルンは、すぐに引き返す。あんたは、梶がやる赤ちゃん保定を手伝うんや」

　大声で「了解」と返すと、姉さんは姿勢を戻し、狭い水路へ。再び、姉さん、ルン、赤ちゃん、自分の順で通過していった。まずは室内プール側の壁下をくぐり、次いでミニプール側の壁下をくぐる。ミニプールへと入ったとたん、先輩の声が飛んできた。

「ここです、姉さん」

　先輩は既にミニプールの中にいた。ミニプールは元々、療養用のプール。治療等のため、プールサイド近くは浅くなっている。先輩はそこで立っているらしい。腕には薄手のクッション材を巻いている。

「ここまで来て、ゆっくりとUターンを。赤ちゃんが頭を水路側に向けた時、胸ビレの辺りを保定します」

「了解。けど、無茶はあかんで。タイミングをよう考えや」

　壁側から声が飛んできた。

「大丈夫ばい」

　制御盤の前に浦さんがいる。その横には磯川先生もいた。

「おいが全体ば見て、指示するけんね」

「僕もいます。何かあれば、手伝いますから」

姉さんはうなずき、先輩が立っている辺りへ泳いでいく。そして、おもむろにUターンした。それに従い、ルンもUターンする。当然、赤ちゃんもUターン。が、突如、前を行くルンが身をひるがえした。赤ちゃんをつつく。

ついて来ちゃだめ。

赤ちゃんはひるんだ。浦さんの指示が飛ぶ。

「今ばい。梶、保定すっと」

先輩は赤ちゃんを腕で包んだ。抱きかかえるような姿勢のまま、こちらを向く。

「来てくれ」と言った。

「保定だけなら、俺だけでいける。けど、力を入れすぎるとまずい。念のため、上半身の保定を」

慌てて泳ぎ寄る。底浅の辺りで立った。赤ちゃんの下半身は水の中。だが、胸ビレは水面上にあって空転。これでは泳ぎようがない。

「お前は、直接、触れなくてもいい。動きを制御してくれればいいんだ。無理に動こうとして、バランスを崩さなければいいから」

先輩の姿勢を真似て、腕を回してみる。包み込んで、動きを制御。姉さんはルンを誘導して狭い水路へと入っていく。そして、室内プールへ。

磯川先生が「よし」と言った。

「完全に出た。浦、遮蔽壁」

「分かっちょるばい。降下させっと」

浦さんの声と同時に、壁は動き始めた。重苦しく、きしむような音を立てて。五十センチ、四十五センチ、四十センチ……。

腕に何かが当たっている。

脇へ目をやり、息を飲んだ。赤ちゃんが激しく体をくねらせている。そして、切なげに鳴いた——ぴゅうぃぴゅ。ルンは水路の向こう側で、赤ちゃんを見つめている。

だが、ミニプールには入ってこない。ただ、悲しげに鳴いた——きゅうぃきゅ。

ぴゅうぃぴゅ。

きゅうぃきゅ。

遮蔽壁は止まらない。下へ、下へ。ルンの姿を隠していく。水上、十センチ。声だけが伝わってくる。水上、五センチ。声はくぐもり、途切れ途切れに。そして、壁は水面へ。声は途絶えた。それでも、壁は止まらない。全てを断つかのごとく、下へ、下へ。程なく足元に鈍い震動。水底に到達したらしい。

「閉まっ……た」

赤ちゃんは動きを止めた。ただ、遮蔽壁を見つめている。そして、うなだれるように頭を下げ、弱々しく鳴いた——きゅう。

「腕を外してくれ。保定を解除するから」

先輩の指示に従い、腕を解いた。先輩はかがみ込み、身ごと水に沈めていく。そして、水の中で腕を解いた。だが、赤ちゃんは泳ぎだそうとしない。辺りを寂しそうに漂っている。

声が漏れ出た。

「赤ちゃん……」

だが、言葉は続かない。目が熱い。赤ちゃんの姿が滲んできた。涙があふれ、止まらない。頬をつたって、プール水面へと落ちる。

今は……泣くな。

自分に命じて、腕を目元へ。由香は黙って涙を拭った。

6

ミニプールの奥壁には窓が一つ。月の明かりに滲んでいる。プールサイド側も、今は電球照明一つのみ。ぼんやりとした薄明かりの中、自分は先輩と一緒に座っている。

由香は膝を抱えて、赤ちゃんを見つめていた。

「慣れてきたか」

先輩からの問いかけに、黙って首を横に振る。手のひらを広げてみた。カテーテルの感覚がまだ手に残っている。情けないことに、震えはまだ止まっていない。

夕刻からの出来事を思い返した。

ミニプールへの移動は、人工哺育の準備に過ぎない。赤ちゃんが落ち着いたところを見計らい、先輩と二人でミニプールに入った。チーフ、磯川先生、吉崎姉さんの見守る中、授乳を開始。先輩が軽く赤ちゃんを抱きかかえる。その向かいで、自分はまず哺乳瓶による授乳を試みた。しかし、赤ちゃんは哺乳瓶にうまく吸い付くことができない。ミルクの大半をこぼしてしまうのだ。

「カテーテルでやるしかないね」

先生の助言に従い、哺乳瓶をカテーテルへと変更。幸い、赤ちゃんはルンのカテーテル給餌を見ているせいか、嫌がる素振りを見せない。赤ちゃんは全て飲み干し、第一回目の授乳を終了した。チーフが「悪くねえ」と膝を打つ。

「摂取カロリーが確実に把握できらあ」

赤ちゃんの負担を考え合わせ、授乳間隔は約五十分に決定。そして授乳五回目となった時、赤ちゃんは自ら泳ぎ寄ってきて、口を開けた。慣れてきたらしい。

姉さんがチーフに言った。

「この様子やと、二人に任せて、いけまっせ」

かくして今、自分は先輩と深夜のミニプールに座っている。授乳当番は夜明けまで。チーフと姉さんのペアに引き継ぐまで続く。

「眠っていいぞ」

先輩が後ろ手をついた。

「授乳時間になったら、起こしてやるから」

「それが、今のところ、眠気がまったく無いんです。どうしてか、休む気にもならなくて」

「気が張ってんだよ。そんなつもりはなくても、自然とそうなってしまう。チーフ達に引き継いだら、すぐに帰ってベッドに飛び込め。休める時に、休まないと。一日や二日なら無理はできる。でも、長くなれば体がもたない」

「長く……なりますか」

「分からない。それはルンの回復次第だから。でも、まあ、心配するな。今のところは、順調に来ている。予想以上だよ。昔とは……あの時とは違う」

先輩は奥壁の窓を見上げた。ただ黙って、何も無い窓を見つめている。

思い切って、きいてみた。

「あの、ニッコリーの時って、どうだったんですか」

「寄って来ようとしなかった。威嚇してきたこともあったな。ニッコリーは逆子出産で難産。結局、水を落として、先生がニッコリーを取り上げた。そういうことが影響してたのかもしれないけど」

先輩はため息をついた。

「でも、母親イルカが我が子を守ろうとする行動は、何も不自然なことじゃない。むしろ、当然のことなんだ。けれど、その状態のままじゃ、手を出せない。最終的には、リスク覚悟で強制的に保定して、治療した。けど、遅れた」

由香は唾を飲み込んだ。

出産直後の様子は、今も頭に、こびりついている。母イルカは出産で体力を消耗しきっている。赤ちゃんは産まれたばかりで、実に、弱々しい。そんな状況で、強制的な保定をするかどうか。おそらく、そのタイミングは、苦渋の決断の上にある。

「母イルカがいなくなれば、人間が授乳するしかない。魚を自分で食べられるまでは、半年近い時間がかかる。まさしく『長く』なった。まあ、ニッコリーの場合、一ヶ月程したら、ルンが面倒見てくれるようになって、助かったけどな」

間違いない。先輩は今も当時のことを引きずっている。が、そんな思いが顔に出たらしい。先輩は自ら「引きずってるわけじゃない」と言った。

「ただ、ニッコリーの母親は、ルンのような行動を見せてくれなかった——それは事実だ。そのことを考えると、改めて、自分の未熟さが……」

「違うと思います」

「違う？」

「吉崎姉さん、ルンの行動を見て、『そうそうあることやない』って言ってました。当時のルン、見てたはずです。ニッコリーとその母親を救おうとして、先輩が全力でしてたこと。だから、こんな時、人間が何をしてくれるか、ある程度、理解できてたんだと思います」

先輩の顔を見つめる。付け加えた。

「そうでないと、理屈がつかないです」

「そうだといいんだがな」

「先輩のやってきたことが、今につながってるんです。昔のことがなければ、今回だって、どうなったか分から……」

　言葉を途中で飲む。

　先輩が人差し指を唇に当てていた。そして、宙へと目をやる。小声で「静かに」と言った。

「今、何か聞こえた」

「私、しゃべってますから。それは、当然で……」

　ミニプールで水音がしている。

　慌てて目をミニプールへと戻した。赤ちゃんが顔を上げて、奥の壁を見つめている。そして、そこから動こうとしない。壁に向かって鳴いた。

　ぴゅうぃぴゅ。

「いったい、何を」

　壁に向かって鳴く――こんな行動は、どのイルカでも見たことがない。イルカにとって『鳴く』という行為は、コミュニケーションの手段なのだ。どう鳴こうが、壁が答えてくれるわけがない。

「どうして、壁なんかに向かって」

「壁じゃない。窓だ。窓に向かって鳴いてる」

「同じですよね。あの窓、ガラス壁みたいなもので、単なる明かり採り……」

先輩は「シッ」と言い、また人差し指を唇に当てた。懸命に、何かを聞き取ろうとしている。

自分も耳をすませてみた。

特別な音は、何も聞こえてこない。あえて言えば、時折、赤ちゃんが立てる水音くらいのもので……いや、聞こえた。ごくごく、かすかな音。まるで笛の音のような……強くはない。今にも消え入りそうで、途切れ途切れ。すぐに静寂へと戻ってしまう。でも、また、聞こえた。かすかだが、間違いない。

「もしかして、窓の向こうから？」

「それしかない」

「じゃあ、まさか」

「行こう」

窓の向こうはイルカプールなのだ。そして、イルカプールには今、ルンしかしない。

先輩と一緒に立ち上がった。ミニプールを飛び出して、廊下へ。先輩が走る。その背を追いつつ、自分も走る。一緒にイルカプールへと出た。

月明かりが、プール全体を包んでいる。

ルンはプールサイドへと寄り、顔を上げていた。ミニプールの窓を見つめている。壁際辺りは薄暗い。その薄闇に、窓の明かりが滲んでいる。

ルンが窓に向かって鳴いた――きゅうぃきゅ。

静寂がイルカプールを包む。ルンは何かを待っているかのように動こうとしない。少し間を置いて、かすかな鳴き声が返ってきた。

ぴゅうぃぴゅ。

赤ちゃんの声だ。

「そうか。これのことか」

「これのこと？」

「以前、沖田《おきた》さんが言ってただろう。イルカには名前のような個体独自の鳴き方があるって。専門用語ではシグニチャーホイッスル。自然界では、母と子がはぐれてしまった時、よく観察されるんだ。鳴き交わして、互いを確認しあう。ちょうど、今、俺達が目撃しているみたいに」

月明かりの中、窓越しの鳴き交わしが続いている。母が子を呼んだ。もの悲しく、切々と。子は母を呼んだ。もの寂しく、恋しげに。

きゅうぃきゅ。静寂。

ぴゅうぃぴゅ。静寂。

胸元に、何か込み上げてきた。ルンの姿が滲んでいく。再び、自分に命じた。今は泣くな。だが、とめどもなく、涙はあふれ出る。

だめだ。止まらない。

目をつむる。由香は黙って、ただ泣いた。

第三プール　鳴いたり、泣いたり

１

人工哺育三日目。肩の凝りは半端ではない。

由香は梶と一緒に調餌室にいた。

今日は、初めてとなるイルカミルク作り。だが、こうして閉館時刻が近づいてくると、次第に首筋が岩のようになってくる。時には頭痛もしてきて、つい、ぼんやりと……。

「気を抜くな」

慌てて我に返った。

先輩は調理道具を調餌台に並べていた。そして、ミキサーを手に取る。電源コードを差し出し「入れてくれ」と言った。

「ミキサーを使わないと、時間がかかるから」

何に使うのか、よく分からない。作るのはイルカ用とはいえ、あくまでミルクなのだから。取りあえず受け取って、コードを調餌台下のコンセントへ。姿勢を戻すと、先輩はスーパーの大きな紙袋に手を入れていた。買ってきた物を取り出し、順に並べていく。まずは犬用の粉ミルク。これは理解できる。だが、次に出てきたのは、アミノ酸のサプリメント。更にはフィッシュオイル。先輩は紙袋を畳んで調餌台の隅に置くと、手を背後の冷蔵庫へ。アジの切り身が入ったボウルを取り出し、犬用ミルクの横へと置いた。

「あの、先輩。何なんですか、これ」

「イルカミルクを作るために、調餌室に来たんだろ。ということは、その材料に決まってる」

「でも、ミルクとは関係なさそうな物まで、並んでるんですが」

「イルカミルクなんて、どこにも売ってない。自分達の手で、イルカの母乳に近いものを作り上げるしかない。別に、奇をてらった物は無いと思うけどな。主成分は犬用ミルクと魚肉なんだから」

「あの、魚肉って……赤ちゃん、まだ無理ですよね」

「だから、ミキサーにかけて、ペースト状にする。その出来上がりを確認しつつ、裏ごし。摂取しても問題が無いくらいまで、これを繰り返すんだ」

「そこのサプリは？」

「使うサプリは二種類。タンパク質の調整用にアミノ酸サプリ。脂質の調整用にフィッシュオイルサプリ。水族館向けに業務用の物が販売されてる。アクアパークにもあるんだけど、ちょっと鮮度が心配だったので、ドラッグストアで人間用の物を買ってきた。取りあえず今夜の分は、これでいく。けど、明日には業務用の新品が届くから、それを使ってくれ」

了解と返して、メモ帳にひかえる。

先輩はボウルを手に取った。

「じゃあ、やるか」

自分はメモ帳を胸元に戻し、まずは手を消毒。その時、ズボンのポケットで、何かが震動した。携帯だ。慌てて取り出し、電話へと出る。

「悪いが、ちょっと来てくんねえか。今、小会議室にいるんだがよ」

チーフだった。人工哺育に入ってから、呼び出されることが非常に多い。

「それが」

由香は戸惑いつつ状況を説明した。

「今、先輩とイルカミルクを作ってるところでして。今夜の分が無いんです。それに、私、初めてなので、作り方を聞いておかないと」

「そうだったな」

チーフは電話口で軽くうなる。しばし、沈黙。が、すぐに思い直したように「まあ、いいや」と言った。

「今、梶と一緒だと言ったよな。なら、あとは梶に任せろ。おめえは、ここに来い。イルカミルクの作り方なら、また俺が教えてやっから」

「けど、かなり面倒そうな作業で、先輩一人だと」

「心配すんな。梶の手伝いには、誰か行く。おめえより手際いいと思うぜ。ともかく、おめえは早く来てくんな」

誰か行く？

問い返す間も無く、電話は切れた。首を傾げつつ、先輩の顔を見やる。

「チーフからでした。小会議室に来いって」

「用件は？」

「それが、また『ともかく来い』ってだけで」

先輩も怪訝そうに首を傾げる。その時、背後でノックの音がした。振り向くと同時に、ドアが勢いよく開く。

「また来ちゃいました。手伝います」

驚いた。咲子ではないか。

三日前、確かに、チーフは「海遊ミュージアムに手伝いを」とは言っていた。だが、今はまだ、なんとか回っているのだ。まさか、今日、来るとは。

「わあ、不安そうな顔してる。でも、安心して下さい。今回は強力な助っ人を連れてきてますから」

咲子が振り向く。背後から思いもせぬ顔が現れた。日焼けした超ベテランの顔。見忘れるわけがない。

「ヘイさんっ」

「鉄ちゃんに頼まれてな。取りあえず、わしと咲子ちゃんで、手伝いに来たんや。まだ手が足らんようやったら、追加であと二人くらい、なんとかなる。二人とも人工哺育の経験者やで」

咲子はまだ分かる。しかし、まさか、ヘイさんまでとは。しかも、追加で二人ともなれば、手伝いとしては、あまりに大人数。これでは海遊ミュージアムが回らない。

そんな思いが顔に出ていたらしい。ヘイさんは笑って、「えらい心配しとんな」と言った。

「大したことない。ウェストアクアのモンに設備部門に入ってもろうて、飼育業務の経験者を現場に戻したらええねん。あとは順番に玉突き人事や。玉突き人事っちゅうとイメージ悪いけど、こらあ、組織運営の妙味でもあってな」

たとえそうであっても、海遊ミュージアムに迷惑をかけることには変わりない。戸惑いつつ、先輩を見やった。先輩も戸惑いの表情を浮かべている。

ヘイさんがあきれたように息を漏らした。

「ええか。水族館っちゅう職場は、繁閑の差が極端なところや。それに対応する組織をどう作るか――それもまた、梶君のやっとる『基準作りプロジェクト』のテーマやろ。その実践《じっせん》や。余計な気遣いは不要。ともかく、早よう鉄ちゃんの所に行っといで。しびれ切らして、嶋さんを待っとるで」

ここまで言われれば、行くしかない。先輩の顔からも戸惑いは消えている。目が自分に言っていた。

あとはやる。行ってこい。

由香は黙ってうなずいた。

2

廊下で閉館のBGMが流れている。小会議室にはチーフと自分しかいない。

由香は小会議室で岩田の向かいに座っていた。

チーフは飼育日誌をめくっている。その脇には大量の診療記録が積んであった。

「ヘイさんと奈良岡には会ったか」

「はい。ここに来る直前に。もしかすると、更にお二人、海遊ミュージアムからお越しになるかも、とのことでした」

「なるかも、じゃねえよ。もう確定。今夜のうちに、ここに来る」

チーフは手を止め、顔を上げた。

「もっとも、東京出張のついでなんだがな。アクアパークに荷物を置いたら、出張の用事に戻っちまう。ただ、状況次第ではよ、出張を済ませたあと、しばらく手伝ってもらうことも可能だから」

「どうして、そんな」

「海遊ミュージアムじゃあよ、いざという時のために、イルカの母乳を凍結保存してんだよ。それを少し分けてもらえることになった。で、出張のついでに、持ってきてもらうって寸法よ。ただ、ついでとは言っても、超低温冷凍庫で運ばなきゃならねえんだ。大変なんだぜ」

「いや、どうして、そんなに多くの人がここに。今のところ、なんとか回ってると思うんですが」

「そいつを説明しようと思ってな。来てもらったってわけだ。これから要点をまとめて、分かりやすく話す。そうでねえと、おめえも納得できねえだろうから」

チーフは手を診療記録の束へ。その中から一枚の表を抜き出し、テーブルへと置いた。表には幾つもの項目が並んでいる。左端には日付と時刻。その横に体温を含む健康管理の基本項目。所々、採血結果も書き込まれている。

チーフは表を指さした。

「どうでえ。難しいことは分からずともよ、ざっと並べて見てみりゃあ、なんとなく分かってくっだろ。磯川が処方した抗菌剤が効いたことは間違いねえ。いろんな数値が一気に改善してってっから」

指先が動いていく。列の後半で止まった。

「が、今、また悪化してきている。磯川が適宜、検査を加えていって、順に考えられる可能性を潰していった。で、残った可能性は」

チーフは言葉を止め、再び診療記録の束へ手をやる。その中から、今度は写真を抜き出し、表の横に置いた。呼気検査の写真のようだ。それ以上のことは分からない。ただ、初日に見た写真とは、かなり違っているように見える。

「出産っちゅうのは、新たな命を産み出す行為で尊いんだけどよ。母体は体力、気力を極限まで消耗する。そんな時に、ルンは病気になっちまった。通常なら起こらないことも、起こりうる」

「あの、起こりうるって、いったい何が」

「まだ断定はできねえが」

チーフは手を戻し、顔を上げた。

「ルンは、いったん回復しかかったが、再び、別の病気にかかっちまった。呼気検査の写真も、かなり変化してっから、間違いねえ。おそらくは、通常の抗菌剤が効きにくいタイプ、日和見《ひよりみ》感染症の一種だろうな。あくまでも、『たとえば』なんだが、イルカの場合、緑膿菌《りょくのうきん》感染ちゅうやっかいなもんがあってな」

由香は唾を飲み込んだ。日和見感染症——ペンギンの白モモの時に耳にした。免疫機能が大きく乱れた時、普段なら何でもない菌が病気の原因になってしまうのだ。

元々、身近な菌だけに、その対処法は難しい。

「で、考えられる疾病の範囲を絞り直した。まだ完全に特定できたわけじゃねえが、今日の昼から、磯川が抗菌剤を変更してる。このあたりの判断は磯川に任せるしかねえや。だが、俺達は俺達で、やることは山ほどある。まず考えるべきは」

チーフは腕を組む。

「今の状況が長丁場になる可能性が出てきたってことよ。そこで、まず人員を整えた。これを踏まえた上で、今の人繰りを全面的に見直す。赤ん坊への授乳間隔も見直すかもしんねえ」

「あの、私、今の授乳間隔なら、十分いけます」

「人繰りの問題だけじゃねえんだ。赤ん坊の問題でもある。どんなに慣れているように見えてもよ、人間の手による授乳っちゅうのは不自然。負荷は否定できねえ。長引くようなら、いろんな要素を考えあわせて、バランスをとらねえとな」

返す言葉が無い。

確かに、赤ちゃんは人の手による授乳に慣れてきた。授乳の際、手元で見せてくれる仕草は愛嬌《あいきょう》一杯。可愛らしい。だが、人間は陸棲の生き物なのだ。赤ちゃんと共に、水の中で過ごすことはできない。赤ちゃんの負荷は、無くなりはしない。

「まあ、九十分間隔くれえまでは、実績も複数ある。栄養摂取の管理は、今まで以上に厳密にしなきゃあならねえがな。だが、問題はそれだけじゃねえ」

チーフは目をテーブル端の卓上カレンダーへ。目を凝らして、何か数えている。しばらくして、チーフは一人うなずき、自分の方を見た。

「よく聞け」

視線が真正面から向かってきた。

「今日で人工哺育三日目。出産から通算すれば十二日目だ。感じてねえかもしんねえがよ、おめえの体には、疲労がたまりにたまってる。ウオッチ当番でも疲れはあっただろうが、おそらく、授乳当番とは比較にならねえ。自分が実際に赤ん坊に接するんだから。しかも、失敗は許されねえ。実際には、そう意識しているだけで、疲れは確実に数倍になる。やるとなれば、また、その数倍よ」

「いや、それは」

「しかも、おめえ、自分が授乳当番でない時でも、ちょくちょく顔を出してんだろ。こりゃあ、いけねえんだよ。休む時には、休まなくちゃなんねえ」

「大丈夫です。今は大事な時ですし」

「いいか。ルンは赤ん坊を託す相手として、おめえを選んだ。まるで保母イルカを選ぶようにだ。だから、赤ん坊は素直におめえに従った。本来なら、一番苦労するところを、極めてスムーズにすませることができたんだ。こりゃあ、おめえのおかげといっていい。だがな」

チーフは目を手元の飼育日誌へ。が、すぐに顔を上げ「軌道に乗った」と言った。

「赤ん坊はおめえ以外のスタッフにも慣れた。いや、周囲にいる人間という存在そのものに慣れた。こうなりゃ、組織として対応できる。人繰りを見直すいい機会よ。おめえの負担を減らさなきゃな」

「チーフ、大丈夫です。今の状態でも、別に負担というわけじゃ」

「何も、今の仕事から丸々外すわけじゃねえんだ。スタッフの一人としては、当然、今まで通りやってもらう。だがな、今後、おめえの仕事は、イルカ担当として全体を統轄することよ。冷静かつ客観。感情に溺れず、周囲を見渡せ。目の前の事柄に没頭することだけが仕事じゃねえんだ」

チーフは目を再び卓上カレンダーへ。「このことは」と言った。

「今日、この時点からだ。今夜の授乳当番は、おめえと梶になってるけどよ。今日は帰れ。あとは何とかすっから。明日の出勤も、遅番でいい。むろん、このことは梶にも当てはまる。このあと、梶にも言っとく」

「チーフ、私、無理してないです。授乳間隔については、理解しました。でも、それ以外のことは、今のままでも。私、赤ちゃんとルンの側《そば》にいたいだけなんです。だから、別に、その」

言葉に詰まった。

チーフは息をつく。「意気込みは買う」と言った。

「だがよ、よくよく冷静になって考えてみな。そいつあ、本当に赤ん坊のためか。ルンのためか。実のところ、自分自身のためってことはねえか」

「私自身のため？」

「今のおめえは、現場から離れると不安になる。ルンと赤ん坊に対して、後ろめたい気持ちになっちまう。休みなんか取ると、『なんて自分は冷たい人間なんだ』と、自分を責める気持ちすら湧いてくる。だから、現場にいたくなる。たとえ、自分にやれることが無くともだ。もう理屈じゃねえ。知らず知らずのうちに、感情に溺れちまってると言ってもいい」

動悸がした。確かに、それはある。

「よく考えてみな。おめえはルンに赤ん坊を託された。おめえはルンと赤ん坊を支えなくちゃならねえ。けどよ、自分が倒れちまったら、何もできなくなるんだよ。この仕事で、そりゃあ、最悪の結果だろ」

「ですが」

言ってはみたものの、あとが続かない。必死で言葉を探した。だが、見つからない。

「おめえだけじゃねえんだ」

チーフは遠くを見るような目をした。

「生きモン相手の仕事をしてっと、よく、こうなる。フィールドワークで野垂《のた》れ死ぬなら本望だ、と言う研究者は結構いる。水槽の間で倒れるならそれで構わない、と言うアクアリストもゴロゴロいる。実のところ、俺自身、若い頃はそうだった」

チーフはいったん言葉を区切り、ため息をついた。ためらうように頭をかく。が、すぐに手を止め「敢《あ》えて言っとかあ」と言った。

「不思議なんだがな、人間は苦しい自分に酔っちまうことがある。そうなりゃあ、筋道立った考えもできなくなって、感情を満たすためだけに動いちまう。結果、水族を守るという肝心の目的が果たせなくなっちまうんだ。俺ァ、若い頃に、先輩からよく言われた。『美しき自己犠牲か。どうだ、自己満足したか』ってな。これほど腹が立つ言葉はねえんだよ。俺ァ、何度も反発した。だかな、冷静になってから考えっと、

『このことか』と分かってくんだ」

　返せる言葉が無い。力無く、うつむく。

　チーフの言葉が続いた。

「感情に溺れちゃならねえんだよ。熱意だけじゃ、水族は守れねえ。まずは水族とその周囲の環境を、冷静に見つめろ。次に、その環境の一部である自分を、客観的に見つめろ。厳しいことを言ってるかもしんねえがよ、おめえも、この仕事について五年目。今のおめえなら、できる。いいな」

　言われていることは分かる。だが……自分には当てはまらないように思える。その一方で、チーフの指摘について、否定もしきれない。話を聞きつつ、心はずっと揺れている。何なんだろう、この気持ちは。

「話は以上よ。戻っていいぜ」

　チーフの顔が見られない。

　うつむいたまま、立ち上がる。由香は黙って岩田に一礼した。

3

日常業務は片付けた。帰り支度《じたく》もできている。だが。

由香は室内プールにいた。

プールの右奥隅へと目をやる。下りている遮蔽壁は、ただの壁でしかない。だが、その向こう側にはメディカル・ミニプールがあって、赤ちゃんが泳いでいるのだ。変更後の授乳当番はチーフと磯川先生。アクアパーク最強のコンビだ。何の心配もない。

間近で水音がした。

いつの間にか、ニッコリーがプールサイドに来ていた。顔を上げ、のぞき込むような顔付きで、自分を見ている。

どうしたの？

「いろいろあってね」

ねえ、遊ぶ？

由香は黙って首を横に振った。イルカにとって遊びは日常的な行為。欠かすことはできない。しかし、今日は日中、ヒョロと咲子が十分に相手になっている。

「ごめんね」

ゆっくりとニッコリーに背を向けた。これは『トレーニング終了』の合図。それと同時に、『遊ばない』という合図でもある。

背後で水音がした。

ニッコリーが離れていっているらしい。いかにも渋々といった水音に聞こえる。だが、それも次第に小さくなっていく。大きく息をついて、自分に言い聞かせた。

帰るんだ、今日は。

足を室内プール出口へと進める。廊下へと出た。だが、帰るには、メディカル・ミニプールの前を通らなくてはならない。再び自分に言い聞かせた。

扉は見るな。

真っ直ぐ前を向いて、早足で歩いていく。廊下の角まで来て、足を止めた。左へ向かえばイルカプール。右へ向かえばイルカ館の裏口。自分はどちらを選ぶ？

決まっている。帰宅しようとしているのだから。

裏口から館外へと出た。

夜空を見上げる。今日の月は、少し欠けていた。しかも、下半分は黒雲に覆われていて見えない。その形は、まるでイルカの背ビレ。一番似ていると思えるのは、たぶん、ルンの背ビレで……。

唇を噛んだ。

「このまま帰るなんて、無理」

由香は走り出した。

さすがに、ミニプールには行けない。行けば、即座に追い返される。ならば、せめて、ルンの姿を。今の時刻、イルカプールには誰もいないはず。見回りまで、まだ時間はある。

イルカプール外壁から、観客スタンドの階段口へ。階段を一気に駆け上がった。最上段へと出る。荒い息を整えつつ、プールの方に目をやった。

観客柵の手前に人影がある。

背の高い後ろ姿。誰かは分かる。先輩だ。観客スタンドの通路を下りていく。そっと、その傍らに立った。

「どうして、ここに？」

「同じ言葉を返すぞ。どうして、ここにいるんだ」

「いったん帰ろうとしたんです。けど、いろいろ気になって。せめて、ルンの姿を一目、見てからと思って」

「俺も似たようなもんだ。ルンと赤ちゃんのことを考えていたら、いつの間にか、ここに来ていた」

先輩はプールを見つめたまま、つぶやいた。

「未熟だな、俺達は」

「未熟……です」

先輩は手を柵の手すりへ。目でルンの姿を追っていく。

「先程からずっとルンの泳ぎを見てる。夕刻から変わりない。赤ちゃんの方も問題ないだろ。今夜の授乳当番は、前半がチーフと磯川先生で、後半が姉さんとヘイさん。明け方に再び先生が入って、ヘイさんと一緒にやるらしい。先生は『仮眠室に泊まり込む』って言ってた」

「先生がそこまで？　緊急事態なら、私達もいないと」

「いや、先生の方から『やらせてくれ』って話があったらしい。ベテラン獣医でも、イルカの人工哺育なんて、そうは経験できないから。まあ、今日はルンの抗菌剤を変更してるし、そのことも気になってるのかな」

先輩は息をつく。水音がした。

プールへと目をやる。ちょうどアクリル壁前を、ルンが泳いでいた。確かに、泳ぎ方に変化は見られない。どこか気怠《けだる》そうな雰囲気の泳ぎがずっと続いている。

「先輩、ルンは大丈夫なんでしょうか」

「分からない」

先輩はスタンド柵を握りしめた。

「イルカの場合、母と子の絆は非常に強い。ルンは病気と戦っていると同時に、我が子と離れている苦痛とも戦ってるんだ。そして、悪循環に陥ってる」

「悪循環？」

「出産間もない時点で、我が子と引き離されるのは、母親にとって苦痛でしかない。その苦痛は回復する力を奪っていく。回復が遅れれば、その分、引き離す時間も長くなる。その分、また苦痛は増え、更に回復する力を奪っていく。そんな悪循環の中に、今、ルンはいる」

ルンはゆっくりとプールサイドへ寄っていく。泳ぎをとめると、顔を上げた。イルカ館を見つめる。

きゅうぃきゅ。

今夜も鳴き交わしが始まった。かすかに返ってくる。ぴゅうぃぴゅ。母と子の間には、イルカ館の分厚い壁がある。鳴き交わしは、どうしても、途切れ途切れにならざるをえない。だが、決して止まることはない。

「行こう。今はチーフ達に任せるしかない」

「あの、もう少しだけ」

「状況は流動的だ。今後、『無理するな』と言われても、やらなくちゃならない場面が出てくるかもしれない。その時は、持てる力を全て尽くす。そのためにも、今は休むんだ。お前も俺も」

先輩が腕を握った。痛い。

「行くぞ」

引きずられる、通路の方へ。

ルンの鳴き声が周囲に響きわたった。きゅうぃきゅ。何かが込み上げてきた。感情の波が次から次へ。チーフの言葉が頭をよぎる——感情に溺れちゃならねえんだよ。

「大丈夫です、先輩。自分で歩きます」

胸を押さえた。震える息を吐きつつ、観客スタンドへと向く。

由香は通路の石段へと足をかけた。

4

月は雲間に隠れた。街路灯の明かりを頼りに、路地を歩いていく。

由香は一人、自宅アパートに向かっていた。

大通りの交差点で先輩と別れたのは、十分程前のこと。話し相手がいなくなってしまえば、黙って一人、歩くしかない。チーフの言葉が、そして、先輩の言葉が、頭の中を駆け巡る。

——そいつあ、本当に赤ん坊のためか。

——悪循環の中に、今、ルンはいる。

足を止めて、夜空を見上げた。今夜の空は漆黒《しっこく》。暗い空を見つめていると、イルカ達の姿が浮かんできた。悲しげなルン。寂しげな赤ちゃん。そして、なぜか、楽しげなニッコリー。

「ニッコリーは関係ない」

姿勢を戻して、頭を振った。

再び自宅を目指して、歩き始める。今度は頭の中に様々なプール光景が浮かんできた。まずはイルカプール。ルンが悲しげに鳴く。次いで、ミニプール。赤ちゃんが寂しげに鳴く。そして、室内プール。ニッコリーが楽しげに鳴く。

ねえ、遊ぶ？

「なんで、出てくるのよ、ニッコリー」

歩きながら、胸の中で毒づいた。

遊びはイルカの本分。それはいい。だが、程というものがある。こっちは頭を抱えて、プールサイドに立っているのだ。長い付き合いなんだから、少しくらい察してくれたっていいだろうが。なのに、ニッコリーってやつは……。

ねえ、遊ぶ？

何かが引っかかっている。妙な既視感が身を包んでいるのだ。どこかで似たようなことがあったような。だが、冷静に考えれば、あるわけがない。人工哺育の事例は数えるほどしかないのだから。当然、自分にとっては、初めてのことばかり。きっと、既視感は疲れのせいだろう。関係ない。いや……。

由香は足を止めて、つぶやいた。

「関係……あるかも」

頭の中にはルンの姿がある。赤ちゃんの姿もある。そして、なぜか、ニッコリーの姿もある。全てがゆっくりと重なっていく。

「もし、これで……悪循環、絶てるなら」

心臓の鼓動が早くなってきた。

馬鹿馬鹿しい思いつきだろうか。それとも、これがチーフの言っていた自己満足か。分からない。判断を下すには、今の自分は混乱しすぎている。この思いつきを、第三者として、冷静かつ客観的に判断してくれる人がいる。

「先輩だ」

このまま帰っても、悶々《もんもん》と夜を明かすだけだろう。準備の手間暇などを考えると、今夜のうちに、顔を合わせて相談しておきたい。そして、先輩の冷静で客観的な意見を聞いておきたい。

「よし」

来た道へと向き直った。ここから先輩のアパートまで、走って約二十分。意見が聞けたなら、それが肯定であれ否定であれ、すぐに帰る。先輩だって、体を休めねばならないのだから。

両頰を両手で叩く。

由香は梶のアパートを目指し駆け出した。

※　※

床に座って、差し向かい。全ては話し終えた。話し終えたあとも、まだ、先輩は壁にもたれ、目をつむっている。

由香は居住まいを正し、梶を見つめた。

「馬鹿みたいな話かもしれないんですけど……どうしても捨てきれなくて。相談できる相手、先輩しかいないし。あの、どう思います」

「発想が素人的だな」

先輩はようやく目を開けた。

「お前らしいと言えば、お前らしい。水族館のスタッフで、そんなこと考えつくやつ、いないだろうから」

どうやら、ただの思いつきに過ぎなかったらしい。

由香は梶に向かって深々と頭を下げた。

「急に押しかけて、すみませんでした。帰ります。どうか、ゆっくり休んで下さい」

頭を戻して、手を鞄へ。立ち上がろうとすると、先輩は「待て」と言った。

「俺は『素人的』と言っただけだ。良いとも悪いとも言っていない」

「じゃあ……良い？　悪い？」

「残念だけど、言い切ることは無理だな。断言できるだけの知識が、俺には無い。だけど、検討する価値があることは確かだ」

先輩は立ち上がって、机へ。置いていた手帳を手に取る。それをめくりつつ、再び床に腰を下ろし「まずは」と言った。

「磯川先生だな。獣医としての意見をきいてみよう。今夜は授乳当番。早朝に行けば、仮眠室かミニプールにいるはずだから。ヘイさんにも意見がきけるかもしれない」

「獣医に超ベテラン。きっと結論が出ますよね」

「いや、分からない。こんなことに、正確な生理学的データがあるとは思えない。俺はお前の話を聞いて、最初、唖然とした。二人だって同じだろ。ただ、二人から否定的な感想が出てこなければ、それは『やってみる価値あり』ってことだ。あとは、現場の長であるチーフの判断を待つしかない。だけど、チーフは」

先輩は再び手帳をめくり始める。「朝一だけだな」と言った。

「明日は、関東圏の水族館連絡協議会の日。朝九時半、館長と一緒に出発。丸一日、戻らない。朝、出勤してきたところを、つかまえて、説明して、納得してもらうしかない。その機会を逃せば、次は明後日。それじゃあ、遅すぎる」

「遅すぎる？」

「こういう物事はタイミングだ。熟考して良い結論が出ても、やる時に全て終わっていては意味が無い。やるなら明日中。時間は無い」

「でも、準備が。さすがに、明日中というわけには」

先輩は手帳を持ったまま、激しく頭をかく。「仕方ない」とつぶやくと、手帳を床に置き、胸元から携帯を取り出した。

「イタチ室長に頼み込んでみよう。何とかなるかもしれない」

「イタチ室長に？　今、こっちに来てらっしゃるんですか」

「いや、今週は九州に出張してる。でも、この時間帯なら、まだ、現地の人達と飲んでるだろ。飲んでなくとも、まだ寝ちゃいない。急ぎの用件なら、電話はできる」

「ウェストアクアの人のスケジュールまで、調べてあるんですか」

「イタチ室長だけだよ。基準作りプロジェクトで、いつ、相談することになるか分からないから。ルンと赤ちゃんに何かあれば、基準作りプロジェクトにも影響する。相談を持ちかけても、おかしくはないだろ」

「でも、九州にいらっしゃるんじゃ、どうにも」

「東京支社の方に、事情説明の電話をしてもらおう。社内の人から一言あれば、随分と違うはず。唐突な依頼でも、スムーズに対応してもらえるだろ。組織って、そういうもんだから。この数年、俺は何度もそういうことを経験してきた」

自分の思いつきが、先輩の手で仕事の段取りへと変わっていく。

先輩は携帯画面に手をやった。イタチ室長の番号を呼び出して、携帯を耳に当てる。自分の方を見た。

「お前はヒヨロと咲子にかけろ。早めに出てきてくれって。もしかすると、二人に動いてもらう必要が出てくるかも……あ、もしもし」

電話がイタチ室長につながったらしい。先輩は「恐れ入ります」を繰り返しつつ、状況を要領良く説明していく。

よし、自分も。

膝元の鞄から携帯を取り出す。由香はヒヨロへとかけだした。

5

朝日が小会議室に差し込んでいる。時間は無い。

「ルンと赤ん坊を会わせる？　本気か、おめえら」

チーフは唖然として、口を半開きにした。その隣には磯川先生。テーブルを挟んで、向かいに先輩と自分。

由香は下腹に力を込め、なんとか説得せねばならない。

「本気も本気。真剣に相談してます」

「まあ、そうだな。おめえはよく本気で、変なこと言い出すから」

あっけなく右から左。これはまずい。言葉を探していると、チーフは視線を自分から先輩へ。「だが、梶」と言った。

「おめえまで、どういうこってえ」

「現状を踏まえた上での判断です。何らかの方法で、悪循環を断ち切ることが必要かと。母子の対面は、そのきっかけになるはずです」

「悪循環については認めらあな。だがよ、ルンの状態は、まだ良いもんじゃねえんだぜ。そのルンと赤ん坊を一緒にしちまえば、これまでやってきたことが、全部……」

「直接じゃないんです」

「じゃない？」

「実は、これまでにもやったことがあります。ニッコリーと保護個体ホコとの間で。

ニッコリーはアクアパーク、ホコは大学の海洋プール。プールにカメラを設置して、通信回線による対面を試みました。ホコ再会プロジェクトのことなんですが」

「そのことなら、覚えてらあ」

チーフは苦笑いした。

「カメラを海にドボンして、壊しちまった時のこったろ。ドボンしたのは、誰だったかな。そうそう、海遊ミュージアムから来てた奈良岡よ。弁償覚悟だったがよ、確か、償却済みの機材だからって理由で、勘弁してもらったんだったたな」

「そのホコ再会プロジェクトの応用を考えています。準備すべき事柄は、既に把握できています。対象となるイルカを『ルンと赤ちゃん』に置き換えて、対面プロジェクトとして、再度実施できないものかと」

「ありゃあ、確かに、興味深い結果だったけどよ。一方はニッコリーだったんだぜ。ニッコリーは、結構、特異な行動をするイルカ。ルンも同じ反応をするとは言えねえや。それに」

チーフは言葉を区切り、苦虫を嚙み潰したような顔をした。

「文明の利器っちゅうのは、マイナスに働くこともある。人間にとっちゃ便利なブツでもよ、他の生き物にとっちゃ理解不能のブツ。慣れてなきゃあ、混乱に陥っちまうかもしんねえ。いい方向に向かうとは限らねえんだ」

「その慣れについても、検証しました。ルンの場合は心配ないのではないかと。ある程度、ディスプレイを理解してると思われます」

「なぜ、そんなことが言える?」

先輩が促すように自分の方を見る。説明を引き継いだ。

「ええと、論拠はありまして、ええと、授乳トレーニングです。授乳の泳ぎを覚えてもらうため、ずっとディスプレイで授乳ビデオを見せてました。期間は十一月の上旬から出産直前まで。ルンの態度は、そのたびに記録してて」

手にしたメモ帳をめくる。

「関心を持ってのぞき込むようにしてたのが約半数。関心を示さず素通りだったのが、これまた約半数。いずれにせよ、驚いたり、混乱したりすることは、一回もありませんでした」

チーフがうなって腕を組む。「赤ん坊は、どうでえ?」と言った。

「赤ん坊はディスプレイなんて見たこたあねえ。どう認識するかは見当もつかねえや。怯えて混乱しちまえば、どうなる? 取り返しのつかねえことになる危険性があるぜ」

「だから、ニッコリーに、ミニプールに入ってもらおうかと」

「ニッコリー？　ニッコリーは母子対面に関係ないだろうが」

「赤ちゃん、ニッコリーと一緒だと、落ち着いてるんです。しかも、ニッコリーの泳ぎを真似しようとまでしていて。その、あれです。ええと、イルカ生態の特徴の一つ、模倣行動」

イルカは模倣行動を通じて成長していく。そして、既に赤ちゃんは、ニッコリーを模倣の対象としているのだ。それを利用すればいい。

「ディスプレイに対するニッコリーの反応は、ホコ再会プロジェクトで把握できてます。もう興味津々《しんしん》。今回も同じ反応をする可能性は高いです。そうなれば、ニッコリーを真似たがる赤ちゃんだって」

「なるほどな」

チーフは初めてうなずいた。隣席の磯川先生へと目をやる。

「おめえは、どう思う？」

「チーフ、なにぶん、出産直後の母子についての話です。生理学的な観点だけでは語りきれません。敢えて日常的な言葉遣いをしますが……我が子と離れ離れになって、ルンの気力は衰えている——これが回復を阻《はば》む一因であることは、否定できないかと。

マイナス面が考えにくければ、やってみれば良いのではないでしょうか。何か不都合が出てくれば、そこで中止すればいいんですから」

「磯川、おめえ」

チーフが先生の顔をまじまじと見つめる。

「よく考えれば、なんでまた、この場にいる？　授乳当番の時間じゃねえか。おめえがやりたいって、言ったんだぜ」

「吉崎さんに当番の交代を、お願いしまして」

「母子対面の話、こいつらから、事前に聞かされてたな」

「ええ、まあ。ですが、事前に聞いてなかったとしても、やはり」

「いいんだよ。些細《ささい》なこった」

チーフは顔を戻し、自分の方を見た。

「機材はどうする？　黒岩企画が設置したモンは高性能だけどよ、勝手に取り外して、使うわけにはいかねえぜ。アクアパークにある機材だけでは、足りねえだろ」

「それは、これから」

突然、廊下の方で騒がしい物音がした。言葉を飲み込み、目を向ける。と同時に、勢いよくドアが開いた。ノックは無い。

「お待たせしましたっ」

ヒョロが胸にカメラを抱えて入ってきた。咲子が台車を押しつつ、ヒョロに続く。台上にあるのは大型ディスプレイの箱だ。間に合った。

「なんでえ」

チーフがあきれたように言った。

「いくら身内の打ち合わせでもよ、ノックくれえはしてくんな」

「由香先輩に言われたんですぅ。『機材を持って劇的に登場。格好いい役割でしょ』って。全力でやってみましたっ」

顔が赤くなった。馬鹿、チーフに言う話じゃない。

チーフの問いが続く。

「どっから借りてきた？」

「ウェストアクアの東京支社から。商品在庫は貸せないけど、社内用で余ってるものなら、タダで貸してもいいよって。でも、『今度壊せば、本当に弁償してね』って」

咲子がヒョロの横に立った。胸を叩く。

「今度は絶対、壊しません」

チーフは思わず苦笑いした。顔を戻すと、自分と先輩の顔を交互に見る。「どっちでえ」と言った。

「こんなこと思い付いたのは？」

「いや、それは、その」

「どっちでもいいや。もう俺が判断するまでもねえや。外堀が全部、埋まっちまってる。おめえ達ってやつあ、まったく」

チーフは先生の方を見た。

「おめえの都合は？」

「私は立ち会えませんが、ヘイさんが立ち会うと」

「そりゃいい」

チーフは顔を戻し「いいだろ」と言った。

「ヘイさんがいてくれるなら、問題ねえだろ。機材もそろってるし、やるなら今日だな。これから準備にとりかかって、午後の早い時間帯に実施ってとこか」

うなずいた。同時に、先輩もうなずく。

チーフは再び苦笑い。「細かなことは任せるが」と言った。

「注意事項は言うまでもねえな。ルンと赤ん坊の態度を、よく観察すること。まずいと思ったら、ためらわずに中止しな。ともかく状況に合わせて、臨機応変に動くこった。ああ、それと、吉崎にも手伝ってもらいな。あいつのこった。言わなくても、首を突っ込むと思うがな」

チーフは壁の時計を見た。

「俺はもう出なくちゃなんねえ。じゃあ、あとは頼んだぜ」

チーフが席を立つ。慌てて自分達も席を立つ。

由香は梶と一緒に深々と一礼した。

6

遮蔽壁は既に上がっている。狭い水路の先にはメディカル・ミニプール。これより母子対面のための作業を開始。成功の鍵はニッコリーだと言っていい。

由香はニッコリーと一緒に室内プール隅にいた。

遮蔽壁の手前で立ち泳ぎ。反対側の隅には、咲子と勘太郎がいる。わざとゆっくり給餌をしてくれているのだ。この隙に、自分はニッコリーをミニプールに連れて行かねばならない。赤ちゃんを驚かさないよう、静かに、ゆっくりと。だが、先程からずっと、ニッコリーはウズウズとして身を揺すっていた。

お姉さん、早く、早く。

「まだよ。よく見て」

立ち泳ぎを続けつつ、人差し指を立てた。その指を水路の奥へと向ける。目指す方向を示した上で、自分の胸元を差した。一緒に泳いで移動する時のサイン。そして、腕を振ってスタートを……。

先に行くね。

ニッコリーはサイン完了を待たず、単独で水路に突入してしまった。それも一跳ねして、勢いをつけたうえで。

「ちょっと待って、ニッコリー」

そんな言葉など、届くわけがない。ニッコリーは水路を一気に泳ぎ抜け、ミニプールへ。こうなれば仕方ない。あとを追って、自分もミニプールへ。

いきなり水しぶきが飛んできた。

「何してんのよ、ニッコリー」

ニッコリーが水面で跳ねていた。ハチャメチャな泳ぎをしている。初めての場所に興奮してしまったらしい。赤ちゃんは慌てふためいて、右往左往していた。興奮したニッコリーから逃げ回っている。

まさか、最初の段階でつまずくとは。

「黙って見とき。端に寄って」

プールサイドから冷静な声がかかる。吉崎姉さんだった。

「ニッコリーのこっちゃ。どうせ、飽きるって」

姉さんの見立ては正しかった。ミニプールはこぢんまりとしていて、特に探検する所も無い。ニッコリーはすぐに飽きてしまい、普段の泳ぎへと戻った。となれば、赤ちゃんも落ち着く。二頭は一緒にのんびりと泳ぎ始めた。まるで仲良し兄妹のように。

「ほれ、早ようプールサイドに上がって。ここから先は、あんたの指揮や。全体を誰かが見とらんとな」

言葉に従い、プールサイドへ。

陸に上がって、スイムフィンを取り外した。壁際のタオルを手に取る。視線を奥へとやった。そこには姉さんとヒョロ。姉さんはディスプレイの上部にカメラを取り付けている。ヒョロはディスプレイに床上のノートパソコンをつないでいた。

濡れた髪を押さえつつ、ヒョロへと寄る。

「どう、いけそう?」

「大丈夫です。以前にもやってますから。今回は、館内LANにつなげるだけなので、結構、楽なんですぅ」

ヒヨロはパソコン画面を指さした。

「画面は二つ。右側の画面はここ、メディカル・ミニプール。左側の画面はあっち、屋外のイルカプール。ホコ再会プロジェクトの時のソフト、使ってます。使い方は一緒。悩むことないです」

右側の画面には、このプールサイドの床が映り、激しく動いている。ちょうど今、姉さんがカメラの角度を調整しているためだろう。しかし、左側の画面は一面、灰色。まだ何も映っていない。

「イルカプールとの接続、うまくいってないんじゃないの。灰色だけなんだけど」

「館内サーバー経由だから、大丈夫。イルカプールの方は、今、梶さんが作業中。もうすぐ映ります」

「館内LANにつなぐって……そんな難しいこと、大丈夫?」

「梶さん、詳しいですぅ。というか、由香先輩が知らなすぎ」

反論不能。言葉に詰まって顔をしかめていると、ヒヨロは扉横の段ボール箱へと這い寄る。その中から何か取り出し、差し出した。

「由香先輩も、これ、付けて。もうつながってますから」

イルカライブで使用しているヘッドセットのマイクだ。慌てて濡れた髪を拭き、頭に装着。

耳元に先輩の声が聞こえてきた。

「今、館内LANにつないだ。どうだ、ヒヨロ。映ってるか」

「こちら、ヒヨロ。映ってますぅ」

「そっちは、どうした。画面がやたらと動いてて……随分と激しいな。赤ちゃんは大丈夫か」

会話に割って入った。

「こちら、嶋。赤ちゃんは大丈夫です。ニッコリーとのんびり泳いでますから」

「これ、何が映ってるんだ」

「プールサイドの床。奥でカメラの角度を調整してるんです。水際で作業すると、それだけで、ニッコリーが興奮しちゃうので」

パソコンの前にかがみこむ。「そっちは？」と言った。

「イルカプール、映ってはいるんですけど、水面だけなんです。まだルンの姿が見えないんですが」

「ディスプレイから、少し離れた所で漂ってるよ。ヘイさんが相手になってる。スタートを指示してくれれば、ディスプレイに映像を出力する。で、ディスプレイ前に連れてくるから。もし、興味を示さなければ、『見て』のサインで注意を引く」

その時、背後で手を払う音がした。姉さんの声が続く。

「できたで」

姉さんが手の埃《ほこり》を払っていた。満足げにカメラを見ている。

「角度はバッチシ。ほな、動かそか。ヒョロくん、ディスプレイ台のそっち側、持って。水際まで押し出すから」

ヒョロは慌ててディスプレイ台へ。二人は中腰の姿勢になって、ディスプレイ台を少し持ち上げ、水際へ。

由香は口元のマイクに手をやった。

「ミニプール側のカメラ、調整、完了しました。今、ディスプレイごと、水際に移動させてます」

「了解。スタートのタイミングは任せる」

ニッコリーはディスプレイに気づいたらしい。早速、近寄ってきて、顔を上げる。興味津々の様子で体を揺すった。だが、赤ちゃんにとっては謎の物体、顔を上げようとはしない。しかし、興味津々のニッコリーが隣にいるせいか、警戒と言うほどの素振りも無い。

　よし。狙い通り。

　再び、口元へ手をやった。

「これより、ディスプレイに映像を出力します。イルカプールではミニプールの映像を、ミニプールではイルカプールの映像を。では、出力開始」

　耳元から、先輩の「了解」の声。傍らから、ヒョロの「了解」の声。パソコン画面が瞬いた。

「ええねえ」

　姉さんが水際のディスプレイをのぞき込んでいた。

「イルカプールがきれいに映っとる。ルンはまだ近づいてこんけどな。なんやら周りを行ったり来たりしとるわ」

　だが、ニッコリーは久し振りのルンに大喜び。画面に向かって、何度も立ち泳ぎをした。その繰り返しに、赤ちゃんも、ついに顔を上げる。そして、見た。ディスプレイを。更には鳴いた。消え入りそうな声で。

　ぴゅういぴゅ。

　由香は手のひらで膝を打った。よし、赤ちゃんのシグニチャーホイッスルだ。今のところは順調にきている。次は、ルン。

目を床上のノートパソコンへ。

左側の画面には、イルカプールが映っていた。なにやら様子がおかしい。かがみ込んで、目を凝らした。やっぱり、おかしい。ルンは赤ちゃんの声に反応しようとしないのだ。ただ、周囲をむやみやたらと泳ぎ回っている。

「どうして」

ノートパソコンをつかむ。その時、突然、ルンは奇妙な行動に出た。見当違いの奥柵の方へと向き、鳴いたのだ。しばらくすると身を戻し、何かを探し回るように泳ぎ回る。泳ぎを止めると、今度は空を仰ぎ見て鳴いた。

きゅうぃきゅ。

「こらあ、まずいで」

姉さんが水際で、こちらを向いていた。

「ルンが混乱しとるがな」

「混乱？　ルンはディスプレイに慣れてます。混乱することなんて」

「理由は分からん。けど、この行動は尋常やない」

姉さんはヒョロの方を見た。

「ヒョロくん、通信に問題は？」

「何も無いですぅ。映像、音声とも良好。間違いないです」

姉さんは視線を戻し、もう一度、ディスプレイをのぞき込む。「画面を見る限り」と言った。

「我が子の声は、認識できとるみたいや。けど、向き合おうとせん。赤ちゃんやのうて、ルンの方が混乱してしもうとる。このままでは続けられれん」

「ですけど、まだ始まったばかりで」

姉さんは硬い表情で、手を口元のマイクへ。「梶」と言った。

「今から嶋をそっちにやるから。ルンが信頼しとるんは、この子や。そっちにおってこそ、意味がある。どうしたらええのかまでは、分からんけど」

「了解」

姉さんが自分の方を見る。「取りあえず行って」と言った。

「ここは、うちとヒョロくんで十分や」

自分が行って、何とかなるだろうか。だが、今、議論をする余裕は無い。

スイムフィンを手に持って、廊下へと出た。イルカプールへと走る。確かに、あのルンの行動は普通ではない。しかし、混乱を来すような要因は、全く思い当たらない。

いったい、どういうことなのか。自分まで混乱しそうになっている。

イルカ館からプールサイドへと駆け出た。先輩とヘイさんは水際にかがみ込み、手を付いている。目でルンの姿を追っていた。その傍らへと寄る。

「私、これから、プールに入ってみます」

ヘイさんが身を戻した。自分の方を見る。

「やめとき。混乱しとる時に近づくなんぞ、下《げ》の下《げ》や。ろくなことにならんから。プールに入る気なんやったら……そやな、イルカになって、ルンの真似をしてみ」

言葉の意味が分からない。怪訝な顔を返すと、ヘイさんは「ふざけとるんと違うで」と言った。

「同じ場所で同じことをしてみる。こらあ、行動のトレースと言うてな。行動理解の基本手法やねん。昔は、こうやって、一つ一つ、理解していったもんや」

「あの、もし、それで分からなければ」

「中止するしかないわいな」

戸惑いつつ、先輩の顔を見た。先輩は黙ってうなずく。

行け。

やってみるしかない。ヘッドセットを外して床上に置いた。もう一度、スイムフィンを付ける。そして、プールの中へ。先程のルンの行動を思い返しつつ、コースをたどってみた。こんなふうに周囲を泳ぎ回っていて、奥の柵に向かって鳴き……また泳ぎ回って、空を仰いで鳴き……。

視界の隅で、何かきらめいている。

何？

大きく手をかいて、方向転換。そして、視線をきらめきの元へ。

まぶしい。

プールサイドで、何かが強烈な輝きを放っていた。あの位置にあるのはディスプレイのはず。だが、ディスプレイ自体が光るわけない。

そうか。反射だ。

太陽の光がディスプレイ面に当たり、反射しているのだ。目を刺すかのような強い反射。特に真正面からだと、極めてまぶしい。見ることすらできない。なのに、聞こえてくるのだ、赤ちゃんの声だけは。

「これか」

確かに、ルンはディスプレイに慣れている。だが、それは、夕刻以降、日陰の中で、だ。日中のプールサイドに、ディスプレイを置いたことはない。ましてや、赤ちゃんの声を流したことなどあるわけがない。ルンが困惑するのも当然ではないか。

由香はプールサイドへ向かって手を挙げた。その手を思い切り、大きく振る。

「反射です、反射。照り返し」

二人とも手を挙げた。趣旨は通じたらしい。

手を戻して、プールサイドへと急いだ。勢いよく水の中から出る。ヘイさんは奥の柵際にいた。ウレタン材の山のブルーシートを剝がしている。一方、先輩はイルカ館の壁際にいた。積んであるビーチ板を胸に抱えている。そして、二人そろって、プールサイドに戻ってきた。

「応急処置だけど」

先輩がディスプレイ台の脚元にかがみ込む。

「ディスプレイを少し傾ける。後ろ側の脚に、ビーチ板を敷いて。その上からブルーシートをかぶせて、日陰を作る。その作業の間、画面は揺れる。ミニプールに、そう伝えてくれ」

慌てて床上のヘッドセットを手に取る。装着して、手を口元のマイクへ。

「こちら、イルカプール。嶋です。原因が判明しました。太陽光の照り返しです。ディスプレイの角度を調整します。その間、画面が揺れますから」

耳元からヒョロの「了解」。次いで姉さんの「了解」。先輩はディスプレイ台の脚にビーチ板を差し込んだ。ヘイさんはブルーシートを四つ折りにし、こちらを向く。

「嶋さん、手伝うて」と言った。

「そっち側、持ち上げて。二人でディスプレイにかぶせるで」

慌ててスイムフィンを外し、ブルーシートの縁へ。二人でシートを持ち上げた。作業中の先輩ごとディスプレイにかぶせる。ディスプレイは日陰の中へ。

シートの中から、作業を終えた先輩が這い出てきた。

「ルンは？」

「まだ気づいてないです。今、漂うように泳いでいて」

だが、幸いと言うべきか、ちょうどルンの体はディスプレイの方を向いていた。今、顔を上げてくれれば気づく。胸の内で祈った。

お願い、顔を上げて。

だが、祈りは通じない。ルンは、ただ、戸惑いを滲ませつつ、漂っている。が、その時、シートの中で赤ちゃんの声が響いた。

ぴゅうぃぴゅ。

ルンはゆっくりと身を起こした。そして、見た。ディスプレイを。そのとたん、ルンは一跳ね、プールサイドへと泳ぎ寄る。画面を仰ぎ見た。

母が子を呼ぶ——きゅうぃきゅ。

子が母を呼ぶ——ぴゅうぃぴゅ。

母と子は互いをはっきりと認識し合っていた。同じ鳴き交わしでも、あの夜とは違っている。もの悲しそうな響きは、まったく無い。

「由香先輩に報告」

ミニプールのヒョロから連絡が入った。

「赤ちゃん、すごく嬉しそうにしてますゥ」

「ヒョロに報告。ルンはね、嬉しそうと言うより……ほっとしたって感じ」

イルカの内面が分かるはずはない。けれど、断言できる。見ている自分にまで、ルンの安堵が伝わってくるのだ。これが『母』というものに違いない。母乳という不思議な液体で繋がる二つの個体——母と子。生き物の生の姿が今、目の前にある。

涙が出てきて止まらなくなった。おまけに鼻水まで。慌てて鼻をすすると、耳元から笑い声が聞こえてきた。ヒョロが笑い混じりに「また泣いてますゥ」と指摘する。姉さんがあきれたように「またかいな」と続いた。

反論せねばならない。

「違います。花粉症の鼻水です」

「無理しなくていいですぅ。由香先輩って、ほんとに泣き虫……あ」

「何？　最後の『あ』は」

「ニッコリー、飽きちゃって、単独で泳いでたんですけど……戻ってきたんです。今、画面に向かって、立ち泳ぎしてます」

慌てて床上のパソコンへ。その画面をのぞき込んだ。

右側の画面にはミニプール。ニッコリーが大写しになっていた。もうニッコリーは赤ちゃんのことなど、お構いなし。自分が目立とうと、真ん中でリズムを取るように立ち泳ぎをしている。まるで、立ち泳ぎのダンスだ。

はい、はい、はい♪

ニッコリーは嬉しそうに前後に体を振った。前に振るたびに、ニッコリーの顔がアップ。赤ちゃんは片隅に映るのみ。ニッコリーは更に近づき、体を振った。もう画面はニッコリーでいっぱい。そんな至近距離で、ニッコリーは更に体を振った。前へ体を突き出したとたん、当然、その口先は画面へ。

「ニッコリー、だめっ」

画面が揺れた。いや、ディスプレイが揺れた。それをおもしろく感じたらしい。ニッコリーは大きく体を振り、画面に一撃。

「あ」

画面は大揺れ。赤ちゃんの姿は一気に画面の外へ。奥の壁が映り、窓が映り、天井が映る。そして、何かにぶつかる音。天井照明が映ったところで、甲高い電子音。

画面は停止した。

「もしかして、壊れた？」

これは想定外。前回の失敗を教訓に『プールにドボン』には気をつけていた。だが、まさか、『陸側にガチャン』とは。壊れていれば弁償だ。

「セーフッ」

耳元で声が響く。吉崎姉さんだった。

「ヒョロくんがディスプレイの下に滑り込んだ。停まったのは、転倒時の自動停止機能。別に壊れとらんで。ちなみに、ヒョロくんも壊れとらん。たぶんやけど」

先輩が口元のマイクに手をやった。

「じゃあ、データも無事ですか」

「心配せんでええ。機材もデータも、どっちも無事」

先輩が安堵の息をつく。ヘイさんも。その時、ヘッドセットから情けなさそうな声が聞こえてきた。

「誰か、ボクのこと、心配して……姉さん、笑ってないで、背中のディスプレイ、どけて」

姉さんは笑い混じりに「はい、はい」と返事。イルカプールは大爆笑。そんな中で、携帯が鳴った。携帯を取り出すと、電話はチーフから。

慌ててヘッドセットをずらし、電話へと出た。

「ちょいと気になってな。どうでえ、ルンと赤ん坊の様子は？」

「それが、その」

言葉に詰まった。いろんなことがありすぎる。鳴いたり、泣いたり……何から話せば良いのか分からない。言うべき言葉を探していると、チーフの方が先に言った。

「聞こえてら」

「聞こえてら？」

「ルンの声よ。昨日とは随分と違うな。強くて、軽い。うまくいったんだな」

「はい」

「で、今、ルンはどんな様子でえ」

「対面できて、なんだか、落ち着いたような……いえ、感情に溺れて言ってるんじゃないんです。ヒレの動かし方とか、泳ぎのピッチとか」

「いいんだよ、そんなことは。誰よりもルンに接してきたおめえが、そう感じるなら、間違いねえや」

言葉が出てこない。

「よくやった」

涙があふれ、プールサイドへと落ちる。そして、また、止まらなくなった。

7

穏やかな風がイルカプールを吹き抜けていく。プールサイドにはルンと磯川先生。先生の手には体温測定機のコードがある。

由香は膝に手をついた。前かがみになって、表示部を見つめる。

止まれ、止まれ。

『三六・五℃』

測定完了の電子音が鳴る。

先生がコードを抜きつつ、「いいのかい」と言った。

「どこかに行く途中だったんだろ」

「少しぐらい大丈夫です。この光景を目にして、素通りというわけには」

先生は笑った。

「もう心配しなくて大丈夫だよ。ここ数日は安定しているし、採血の結果も問題無し。摂餌《せつじ》量も戻ってきてるだろう？」

「昨日は、いつも通りの量を食べました。給餌バケツを持ってると、催促に来るし」

「なら、問題ない。食欲チェックは全ての基本だからね」

先生はルンの脇腹にタッチした。これは検査終了の合図。ルンはゆっくりと身を起こし、自分の方を見上げた。

ねえ、赤ちゃんは？

「先生、いつから、一緒に泳げます？」

「そうだね。症状が治まってからの日数を考えると」

先生は指を折って数えていく。顔を上げ「明日かな」と言った。

「夕方くらいで、どうかな」

腰の辺りで拳を握りしめ、こっそりガッツポーズ。ルンに目を戻して言った。

「ルン、明日の夕方だって」

言葉が通じるわけがない。だが、雰囲気は通じる。ルンは嬉しそうに身をひるがえし、プールサイドから離れていく。

先生は立ち上がって、体温測定機をワゴンの上へ。ルンの姿を見つめた。

「母性って、何だろうね」

突然、何なんだろう。黙って、先生の顔を見つめた。先生は照れくさそうに頭をかく。「そんな顔で見ないで」と言った。

「別に感傷に浸ってるわけじゃないんだよ。今回のことを生理学的に言うならね、『変更した抗菌剤が効いた』──それだけでしかない。だけど、そうじゃないよね。母と子の対面が、状況を大きく変えた。だけど、このことについて、生理学ではうまく説明できない。少し限界を感じるよね」

「あの、説明できないんですか」

「たぶん、『ストレスの緩和により免疫力が向上』とか、曖昧なことを言う人はいると思うよ。でも、『じゃあ、そのストレスってどこから』と聞かれると、言葉に詰まってしまう。そもそも、母性って何か──この根本をうまく説明できないから」

先生はルンを見つめたまま、目を細めた。

「最近、ほんの少しだけ、分かってきたんだ。体内で分泌《ぶんぴつ》されるオキシトシンという物質が関係してるって。愛着の感情を引き起こす物質でね。でも、それだけでは説明しきれないし、そもそも、あまり説明になっていない。結局、『なぜ、そんなものが分泌されるのか』という問いに、置き換わるだけなんだから」

考えたこともなかった。

「でもね、このことで、はっきりと言えることが一つある。母性ってね、自動的に出来あがるものじゃないんだよ。時間をかけて、作り上げていくものなんだ。周囲の環境、環境からの学び、おなかで感じる子の動き、産まれ出た子とのふれあい——そういったものを通じて、母性は芽生え、育ち、強固になっていく。簡単に『本能なんでしょ』で片付けられるものじゃない。ましてや、押しつけて何とかなるものでもない。このことはヒトもイルカも変わらない」

先生は自分の方を向いた。「意外かな」と言った。

「でも、妊娠が分かってから今まで、君がやってきたことは、これなんだよ。君はルンの母性を育てる手伝いをしてきた」

「あの、私が」

「そう。君が。実感ないかな」

先生は笑うかのように息を漏らした。その時、胸元で何かが震動する。自分の携帯だ。この震動音はメールか。

「どうぞ。催促じゃないのかい」

先生に軽く頭を下げ、携帯を確認する。ヒヨロからの催促が届いていた。

『約束は二時。すぎてます。早く来て』

文面から怒りが滲み出ている。

先生がまた笑った。

「早く行っておいで。ここは、もう片付けるだけだから」

先生に再度、一礼。観客スタンド側の通路口へ足を向けた。通路を駆け抜け、植栽を跳び越える。メイン展示館の裏口へと駆け込んだ。関係者廊下を走る。壁の時計に目をやった。まずい。十分も遅れている。お礼が趣旨の見送りなのに。

「急がないと」

昨日、ヘイさんはアクアパークを発《た》った。そして、今日これから、咲子が発つ。思えば、今回、咲子は裏方の仕事を全部引き受けてくれた。イルカミルク作りに、プールの掃除。ニッコリーと勘太郎のお世話も。母子対面は確かに胸迫るものがあったが、全員がそれに関わっていては、他のイルカの命がたもてない。咲子がいてくれたからこそ、現場が回ったのだ。

関係者扉を開け、正面玄関フロアへと出た。今は平日の昼間。来場者はあまりいない。フロアの真ん中を突っ切って、正面玄関へ。

「ごめん、遅れた」

正面玄関には咲子がいた。もちろん、ヒョロも先輩もいる。

ヒョロが非難するように言った。

「由香先輩、だめです。感謝の気持ち、足りないです」

「反省してる」

「ボク達、もう何度もお礼言ったから。先輩も挨拶して。ボク、これからタクシー呼びますから」

ヒョロは正面玄関集合の意味が分かっていない。

待った、と言いつつ、ヒョロの腕をつかんだ。引きずるようにして、玄関隅へ。咲子に背を向け、肩をつかむ。無理やり腰をかがめさせ、小声で言った。

「タクシーを呼ぶなら、裏口の駐車場側に集合でしょうが」

「いや、もちろん、裏口の方に呼ぶつもりですけど」

「呼ばなくていい。ヒョロが送っていくの」

「送っていく?」

「今日は最高のお天気でしょ。浜辺の遊歩道を歩いて、送っていって。寄り道してもいい。松林の辺りは、アツアツカップルでいっぱい。どさくさに紛れて、手なんかつないじゃえ」

「あの、誰が?」

「ヒョロが送るんでしょ。ヒョロしかいない」

そのとたん、ヒョロの表情は一転。強気から弱気へ。頰が引き攣り始めている。ヒョロは言葉に詰まりつつ「わ、わかりました」と言った。

「臨海公園を出たら、そこでタクシーを」

「だから、呼ぶなって。駅まで二人でのんびりと行くの。そうだ、臨海公園の奥側に日本庭園エリアあるでしょ。あそこに和風カフェがある。そこで、お茶して」

「お茶? 麦茶ですか、番茶ですか」

「お茶を飲めとは言ってない。『大人のビーチ・ケーキセット』とかどうかな。抹茶シフォンケーキを海に見立ててあって、浜辺の部分に酒粕アイス。咲子、スイーツもお酒も好きだからね、絶対、気に入る」

ヒョロが唾を飲み込む。「で、では」と言った。

「それ、頼んでみますぅ。大人のナントカケーキ。ボク、大人だから。そう、レジの人に言って、ちゃんと領収書も……」

「もらうな。こういう時ぐらいは、精一杯、格好つけろ。背伸びして。お茶くらいなら、あんたの給料でも、なんとかなるでしょうが」

背後から賛意の声がかかった。

「それも、そうだな」

いつの間にか、先輩がのぞき込んでいた。手には千円札が三枚ある。先輩は「格好つけさせてくれ」とつぶやくと、それをヒョロのポケットに押し込んだ。

「返さなくていい。がんばれ」

だが、ヒョロはありがたがるどころか、泣き出しそうな顔になった。まだ、ためらっている。半泣きの顔のまま「でも」と言った。

「咲子さん、そういう時、たいてい、割り勘でって言うんですぅ。それでいつも押し問答。ボク、どうしたらいいですか」

傍らで、なぜか、先輩がうなずいた。

「分かる。そういう時ってあるよな。引き際が難しい」

ああ、面倒くさい。

由香はヒヨロに向かって指を三本立てた。

「いい？　『ボクが払います』って、三回、言って。三回言っても、まだ、咲子が引かなかったら、その時は割り勘でいい」

傍らで、なぜか、先輩がまた言った。

「参考になるな。覚えとこう」

「覚えないで下さい。あくまで、ヒヨロと咲子の場合は、です。ともかく、そんなこんなで」

ヒヨロへと向き直る。背中を叩いた。

「がんばって」

「あのう、じゃあ、由香先輩も一緒に」

「馬鹿。それじゃ意味ないでしょうが」

有無を言わせず、極秘ミーティングは打ち切りに。腰を戻して、顔を笑顔に作り変えた。揉み手をしつつ、咲子へと向き直る。「お待たせ」と言った。

「ごめんね。ちょっと、授乳当番の順番を相談してて」

「あの、人繰りつかないようなら、私、もう二、三日残ります。鬼塚チーフに直談判すれば、何とかなると思うし」

気持ちはありがたい。だが、いつまでも甘えるわけにはいかないのだ。咲子の留守中、海遊ミュージアムの企画は、また止まっている。

「大丈夫、大丈夫。心配しないで」

もう一度、ヒヨロの背中を叩いた。小声で「行け」と言うと、ヒヨロはロボットのような足取りで、咲子の元へと向かっていく。その真正面で足を止め、真っ赤な顔で宣言するように言った。

「ボク、送っていきます。では、スタート」

そして、手を大きく振り、一人で遊歩道の方へ。咲子は慌てて一礼した。身を起こすと、背を向けヒヨロの元へ。

明るい日差しが浜辺を包んでいる。

今日の浜辺はカップルばかり。そんな中を、ヒヨロと咲子が行く。ヒヨロの動きはぎこちない。手を振るのはいいのだが、まるで、入場行進。そして、その手は咲子へ寄っていこうとしない。

「あれは無理だな」

先輩が笑いを漏らした。

「手をつなごうとした瞬間、たぶん、緊張で手が攣る」

「なんでだろ。絶対いけると思うのに」

「そういうもんだよ。男っていうのは」

「そういうもの？」

傍らを見やる。

先輩は目をそらし、空を見上げた。

「怖くなるんだよ。相手が大切だと。いい加減なことはできないという気持ちの方が先に来る。で、なかなか、次の一歩が踏み出せない。まあ、ヒヨロはまだ二十歳。どれだけ真剣なのか分からないけど」

先輩は目をそらしたまま、こちらを見ようとしない。そして、むやみやたらと肩を回し始めた。

「あの、肩、凝ってるんですか」

「まあ、その……その通り。俺の肩は常に凝ってる」

だが、その言葉とはうらはら、先輩は肩を回すのを止めた。それでも、まだ、自分の方を見ようとはしない。

「その、なんだ、もう少し落ち着いたら……俺達もいろいろ話し合うか」

「いろいろって、あの、イルカ哺育にまだ何か？」

先輩はもどかしそうに口元を動かしている。が、結局、先程の言葉を繰り返した。

「そういうもんだよ」

何よ、それ。

先輩は黙って空を見上げている。自分も空を見上げた。

青い空には雲一つ無い。だが、もうすぐ梅雨入り。それが明ければ、暑い夏。そう、また、あの暑い夏がやって来るのだ。

胸いっぱいに、息を吸い込む。

由香は青空に向かって、大きく伸びをした。

第四プール　トライアル、海へ

1

　今日から梅雨入り。イルカ館の軒下にはパイプイスが二脚。なぜか、自分はチーフと一緒に弁当をつついている。

　由香は雨のプールを眺めつつ、唐揚げを口に放り込んだ。

　チーフに「昼飯を一緒に食うか」と言われた時は、何事かと思った。チーフがわざわざ弁当を二つ買ってきたうえ、「イルカプールで」などと言い出したのだから。だが、実際には、こうして、とりとめも無い世間話をしている。悪くない。

「今日は休館日。平和だな」「実に、平和です」

「雨のプールは、風流だな」「弁当に合います」

プールには、しとしと雨。ニッコリーと赤ちゃんがそろって跳ねた。一緒にジャンプの練習をしているらしい。ほのぼのとする光景だ。

「出産から人工哺育。大変だったな」「思ったより大変でした」

「おめえも、それなりに、育ったな」「ありがとうございます」

「回りの人達にもお世話になったな」「もう、迷惑かけ通しで」

「ぜひとも、お礼を、言わなきゃな」「はい、皆さんに、ぜひ」

「で、だ」

チーフは手を止めて、自分の方を見た。

「内海館長が『出ろ』と言い出してる」「出ろって、どこへ？」

「アクアパークは臨海公園にあるよな」「はい、公園内の海側」

「その運営をよ、決める会合があんだ」「何て会合なんですか」

チーフは一呼吸おく。そして、長い名前を一気に言った。

「臨海公園事業における関係者等連絡協議会の定期総会」

「臨海公……すみません。長過ぎて、覚えられないです」

チーフはため息をついた。

「略すると、関係者総会。これなら、どうでえ」「はい、覚えました」

「臨海公園の運営に関する事柄はここで決まる」「はい、重要な会議」

「市本体はもちろん、関係者はほぼ全員集まる」「はい、大切な会議」

「繰り返すがな、館長が『出ろ』と言っている」「出ろって、誰が？」

「おめえが」

　息が止まりそうになった。冗談ではない。

「まずいです、それ。私、下っ端です。正真正銘、本物の下っ端です。そんな者が出ると、アクアパークがなめられます。不適任です。良くないです。アクアパークを守らないと」

「急に口数が多くなったな」

　チーフがまじまじと自分を見つめる。そして、口から息を漏らし、淡々とした口調で続けた。

「関係者総会は、今月末頃にあってな」「あの、私、出席は……」

「この時期の総会には、慣例があんだ」「あの、私、無理で……」

「アクアパークから議題を出すんだよ」「あのう、もしもし……」

「おめえも、何か、考えといてくんな」「考えといて、くんな？」

　チーフは大きくうなずき、プールへと目を戻した。またニッコリーと赤ちゃんがそろって跳ねる。しかし、もうそれどころではない。自分は顔面蒼白。一方、チーフはその光景を見つめて、ほのぼのとした表情をする。その表情のまま、また淡々と「実は、この総会」と言った。

「ええ面倒くせえんだよ」「はいぃ？」

「誰も出たがらねえんだよ」「はいぃぃ？」

「ちなみに、返事は短くな」「はい」

チーフは手を弁当に戻した。芋の天ぷらを口へと放り込む。二、三度かむとすぐに飲み込み、「仕方ねえや」と言った。

「さっき言ったろ。おめえも育ったなって」「全然、育ってないです」

「そりゃあ、自分で言っちゃ、まずいよな」「断然、事実です、事実」

「あきらめな」

チーフは再びこちらを見た。今度は憐れむような目をしている。

「逃げられねえぜ。館長の名指しだから」

「名指し？　私が？　あの、どうして？」

「イルカ出産プロジェクトでがんばった——そのご褒美なんだとよ。例の穏やかな口調でよ、にこにこしながら、言われた。『これを機会に、嶋さんにもデビューしてもらいましょうかね』って。ご褒美デビューなんだと。良かったな」

　ご褒美になっていない。

「あの、館長、冗談で言ってるんですよね」

「本気で言ってるのに、決まってんだろ」

「でも、まだ検討段階ですよね」

「本決まり。だから、俺がここにいる」

　チーフは漬け物を口に放り込んだ。

「俺も悩んだんだぜ。おめえに、どう切り出すか。で、思いついたわけだ。休館日辺りでよ、イルカプールで弁当食いながらなんて、どうだってな。のどかな光景を見ながら話を聞きゃあよ、少しは気分も落ち着くだろ」

「いえ、完璧に落ち込みました」

「心配すんねえ。幸い、アクアパークではイルカの出産があったばかり。テーマなんて、幾らでもあっから。館長は『デビューする嶋さんに考えてもらわないとね』なんて言ってるから、おめえが適当に選びな。悩ましいことがありゃあ、相談にのっから。館長室にも一緒に行ってやる。まあ、がんばんな」

　もはや、どうしようもないらしい。膝元には食べかけの弁当がある。だが、もう咽《のど》を通らない。

弁当に蓋《ふた》をする。由香は目をつむり、深いため息をついた。

2

擬岩に座って、ヨシズを補修。一方、姉さんはイルカ館裏の石段に座り、遮光ネットを補修している。

「まさか、あんたが手伝どうてくれるとはな」

由香は裏ペンギン舎で吉崎の手伝いをしていた。

マゼランペンギンは温帯ペンギン。比較的、暑さには強い方だが、真夏の暑さともなれば話は別。気をつけないと、人間同様、熱中症にかかってしまう。そのため、この時期、ヨシズと遮光ネットの手入れは欠かせない。

だが、この作業は地味で退屈なのだ。半時間もすれば、うんざりとしてきて、お尻が痛くなってくる。そんな作業の手伝いを、今日、自ら買って出た。当然ながら、本当の狙いは別のところにある。関係者総会について何かアドバイスを——なんて思ったのだ。そこで、手伝いをしつつ、さりげなく話題を出してみたのだが……。

「そらあ、相談する相手、間違ごうとるわ」

軽く受け流されて、終了。だが、ここで引き下がるわけにはいかない。由香はヨシズを紐でくくり直し、話を続けた。

「姉さん、これまでに出席されたことは？」

「あるで。最後に出たのは七、八年前やろか。二度と出たいとは思わんな」

「あの、そんなに厳しい場なんですか」

「逆や。ゆるゆる。かつ、バラバラ」

意味が分からない。怪訝な顔を返すと、姉さんは説明を追加した。

「関係者総会と言うだけに、ほんま、いろんな人が来るんよ。臨海公園内の施設を考えてみ。アクアパーク、シーガルスタジアム、日本庭園、運動場とテニスコート、大芝生に彫刻ロード――そういった施設の関係者が、皆、来るねん。それに加えて、関係する地元の人達も来る。観光協会やろ、商店街と自治会やろ、隣接するホテルエリアの人やろ。そうそう、近くにある旧港の管理は今も漁協。漁協の人も来るわな」

「あの、どうして、そんないろんな人達が」

「この集まり、元々は、臨海開発の地元協議会やってん。それが発展解消して、今の関係者総会となったわけ。『立場の違いを乗り越えて、皆でこの臨海公園を盛り上げよう』っちゅう趣旨で、毎年、延々と続いてきとる」

「これだけ立場の違う人達が集まるとなると、もう侃々諤々《かんかんがくがく》ですよね。話、まとまるんですか」

「まとまるも何も……そもそも、侃々諤々なんかになるかいな。意見一つ、出てこん。市の偉い人がやって来てな、公園管理事務所の作った運営計画を読み上げて、皆で拍手して承認。それで、おしまい。シャンシャン儀式っちゅうやつや。昔とは違う」

「昔？」

巣箱の列の方で物音がした。

目を巣箱へとやる。奥の方で、ペンギン同士の場所取り合戦が始まっていた。雛が巣箱を出て単独で歩き始めると、ペンギン舎は急に騒がしくなる。だが、これは毎年恒例のこと。姉さんは一瞥《いちべつ》しただけで気にしない。ネットを繕いつつ、「そう、昔や」と言い、話を再開した。

「昔、この辺りの海は、海苔《のり》の養殖が盛んでなあ。浜ではええハマグリが採れた。けど、一時期の東京湾開発は、すさまじい勢いでな。あっと言う間に、自然の海岸線は無くなっていってしもうた」

その話はいろんな所で聞いたことがある。

「この千葉湾岸市の再開発地区も、その一つやねん。地元の人は複雑な気持ちやったろうな。漁業権の補償はあるにせよ、生活は一変。暮らしの場やった海が、別のモンに変わっていくんやから。確かに、区画整理されたきれいな街は出来上がった。けど、昔の海を知っとる人は、その代償が何なんか、よう分かっとる。そやから、文句も言えば、要望も出す。時には自分達で動く。良かれ悪しかれ、昔は熱かった」

「じゃあ、どうして、今は？」

「世代が違うがな。今は地元の人も、大半が会社員。整然と建ち並ぶ住宅街から、バスと電車で通勤やろ。海に関わることなんか、ナアンも無いがな。この海は自分達の海――つまり『里海《さとうみ》』やっちゅう感覚も薄うなってきとる。その下の世代となると、もう海辺に住んどるという意識すら無いがな」

駅前周辺と周囲の住宅地街を思い浮かべた。『海の街』を売りにしてはいるが、海そのものを感じることはあまり無い。アクアパークに来た近所の子供達と話をしても、海は『両親に連れられて時々遊びに行く場所』程度でしかないのだ。

「アクアパークは常連さんが来てくれるから分かりにくいけどな、ここ十年くらい、臨海公園全体の来場者は、徐々に減ってきとるねん。物心ついた頃から臨海公園はある。別に珍しゅうない。新たに関心も湧いてこん。公園の管理事務所は、やたらと

『公園の活性化を』って言うけど、『言うは易し、行うは難し』やで」

姉さんはため息をついた。

「まあ、仕方ないところはあるわな。時代の流れってところやろか。里海っちゅう感覚を残しとるのは、辰《たつ》ばあちゃんの世代ぐらいまでやろ」

「辰ばあちゃん？」

「あんたも知っとるやろ。駅前の焼ハマグリ屋のばあちゃんや。あの家は代々、網元の家でな。そらあ、昔は熱かった」

焼ハマグリ屋の辰ばあちゃんなら、よく知っている。人工哺育の時、よく夜食で焼ハマグリを食べていたから。辰ばあちゃんは齢《よわい》九十を越えてはいるが、今も大いに元気。かくしゃくとしている。でも。

「熱いというイメージはないんですが」

「そらあ、あんた、今の辰ばあちゃんしか知らんからや。なんちゅうても、うちの内海館長を黙らせるくらいやったんやで」

「内海館長を？」

「十年くらい前やろか。辰ばあちゃんが最後に関連者総会に出席した時のことや。これで最後やからと、しゃべりまくったらしいんよ。臨海公園の運営に関する要望から始まって、最後はアクアパークの展示にまで。あの内海館長が黙ってしもうた」

信じられない。内海館長は穏やかな風貌ながら、アクアパーク一の寝業師《ねわざし》なのだ。その館長が黙り込むなど、想像もできない。

「姉さん。その時、辰ばあちゃんって、何を言ったん……痛っ」

ふくらはぎをつつく奴がいる。

足元へと目をやると、そこにはペンギンの銀シロがいた。銀シロの趣味は給餌の邪魔。それと同じくらいのスピードで、ふくらはぎをつついている。

こら、どけ。そこ、オレの席。

「悪いけど、どいたって」

姉さんは笑った。

「最近の銀シロ、擬岩の端っこで休むのが好きやねん」

由香は慌てて擬岩から立ち上がった。

3

「結局、吉崎姉さんとはそのままになっちゃって」

由香は梶のアパートにいた。湯上がりに、床に座って愚痴こぼし。もう話し相手となってくれるのは、先輩しかいない。

「姉さん、『しゃべっとったら、手が動かんがな』とか言って、取り合ってくれなくて。帰り際にもう一度、きいたんですけど、結局、細かなことは覚えてないみたいで。で、昔、何があったのかは分からずじまい。まあ、関係者総会の雰囲気は理解できたので、良かったんですけど」

「それだけで十分だろ」

「でも、内海館長が黙り込むような内容って、何なのか気になって。それを『議題にします』なんて言い出したら、館長、焦っちゃうかも。ザ・意趣返し」

「意趣返しって、お前が館長に勝てるわけないだろ」

「それはそうですけど……でも、先輩、興味、湧いてきません？　あの館長が黙り込んだんですよ。すごい内容に違いないです。もし、焦らないなら、逆に、飛び付くことになるかも」

「よくもまあ、そこまで都合良く考えられるな」

先輩は苦笑い。壁から身を起こして、頭をかく。独り言のように「何だったかな」

と言った。

「辰ばあちゃん……確か、どこかで見たんだよな」

「それは、そうですよ。駅前の焼ハマグリ屋のおばあちゃんですから。先輩だって、何度か買ってます。ほら、ウオッチ当番の差し入れの時とか」

「いや、そういう意味じゃなくて」

先輩は腕を組んで、何やら考え始めた。突然「そうか」とつぶやくと、手を床の上の仕事鞄へとやる。仕事用の備忘ノートを取り出した。眉間に皺を寄せつつ、数ページ程めくる。「あった」とつぶやき、顔を上げた。

「やっぱり見てた。アシカ計画の頃だな」

何のこと？

床の上を這い寄り、膝元のノートをのぞき込んだ。ノートには細かな書き込みが、ぎっしりと並んでいる。その中に思いもしない書き込みがあった。

『辰ばあちゃんの案、あとで要チェック』

「何ですか、これ？」

「何だろな、これ？」

先輩は自身の書き込みに首をひねった。

「アシカ計画の頃だから、だいたい、一年くらい前だな。あの頃は運営基準作りプロジェクトで必死だったんだ。あちこちで昔の資料を引っ繰り返して、メモしまくってた。たぶん、その時、書き留めたんだろ。けど、急がないことだから、結局、そのまま忘れちゃったんだな」

「あの、どこで見たんですか」

「分からない。アクアパークの資料室なのか、臨海公園事務所の書庫なのか、市本体の議事録保管室なのか。まあ、どこかで見た。で、忘れた」

「そんないい加減な」

「お前、他人《ひと》には厳しいな」

言葉無し。先輩は笑った。

「まあ、許してくれ。その頃は、もう、アシカのことで頭がいっぱい。で、この直後に、結石で入院してテンヤワンヤ。退院した時には、何もかも頭からぶっ飛んでた。けど、手がかりになりそうなものはある」

先輩は『辰ばあちゃん』から伸びている斜線を指でたどっていく。指がページの片隅で止まった。

『里海と水族　第五十二号』

「これは海遊ミュージアムの古い機関誌。向こうでも文献あさりをしたんだ。斜線を引っ張って片隅に書き込んでるということは……その時、俺は『関係ある』と思ったんだな、きっと」

「じゃあ、辰ばあちゃんって、海遊ミュージアムにも関係が」

「いや、そういうわけじゃ」

先輩は言葉を濁した。

「確か、似たような話が、偶然、向こうの古い文献にもあって……意外に思ったんだ。こんなこともあるんだなって。で、斜線でメモを加えたような……気がする」

ため息をついた。

今、海遊ミュージアムに行く時間は無い。ましてや、これから慣れぬ文献あさりなどして、見つけられるとは思えない。そんな思いが伝わったらしい、先輩は「心配するな」と言った。

「海遊ミュージアムの機関誌は全巻スキャンされていて、パソコンファイル化されてるんだ。すぐに取り出せる。明日にでも、咲子に頼めばいい。バックナンバーの番号を言えば、たぶん、メールで送ってくれるから」

先輩は頁《ページ》の片隅を指先でちぎり取る。その紙片を「やるよ」と言って差し出した。

「まあ、期待せずに頼んでみるんだな。もし、トンチンカンな内容が送られてきても、怒るなよ。俺自身、よく覚えてないんだから」

紙片を受け取って見つめた。あまりにも曖昧模糊《あいまいもこ》とした話だ。だが、咲子にメールを頼むくらいなら、できないことではない。

取りあえず、やってみるか。

メモ帳を胸元から取り出す。由香はその間に紙片を挟み込んだ。

4

待ちに待った咲子からのメール。イルカ館控室のパソコンで開いてみたのだが。

「なんで、こんなものが」

由香は作業テーブルで唾を飲み込んだ。

画面には白黒印刷の機関誌。先輩は『古い』と言っていたが、これほどとは思わなかった。なんと発行者は、海遊ミュージアムの前身、関西水族館なのだ。いったんメール本文へと戻る。今一度、咲子からのメッセージに目を通していった。

『添付ファイルは二つあります。一つはご要請の機関紙。もう一つは、その付属資料として資料室にあったものです。付属資料の方は私がスキャンしたので、少し傾いています。ごめんなさい』

こちらこそ、ごめんなさい。

胸の中で手をあわせて、添付ファイルに戻った。今度は付属資料の方を開いてみる。

そのとたん、再び唾を飲み込んだ。

『イルカビーチ構想図』

タイトルには『構想図』とある。が、ほとんど『設計図』ではないか。

画面下の陸地部分には、大きな四角形。内部に『関西水族館』と書いてあった。その横は砂浜。設計図の大半は広い海が占めている。そして、その海は長方形で大きく区切られていて、その脇に様々な記号が書き込んであった。記号の意味はよく分からない。だが、これが巨大な海洋プールらしきものであることは間違いない。構想図の名称から考えて、おそらく『海洋プールでのイルカ遊泳』が計画されていたに違いない。

「イルカビーチ……か」

画面をスクロールして、順に見ていった。

図面のあとには、様々な項目が続いている。まずは、設備関係の詳細。桟橋の構造と材質。候補となる海中ネットの種類。設備関係を終えると、全体の予算の明細と日程案。そして、日程ごとの必要人員。予算と人繰り関係の次は、周辺団体との協議事項。まずは浜辺の警備計画。近隣漁協との協議事項。県庁と海上保安部との協議と認可事項。ボランティアへの協力要請する事項。

実に細かい。一通り目を通すだけで、作成者の苦労がしのばれる。そして、ついに末尾のページへ。ほぼ空白ではあるが、その作成者の名が書いてあった。

『岩田鉄次郎』

息を飲んだ。チーフではないか。

チーフは、若い頃、関西水族館に在籍していたことがある。となれば……慌てて機関紙のファイルへと戻った。スクロールしてページをめくっていく。

「これだ」

『イルカビーチ実現に向けて』

先輩が気になった文献とは、このコラムのことに違いない。内容は簡略なもので、イルカビーチに向けて検討を重ねていることしか書かれていない。だが、文章がなんとなくチーフっぽい。おまけに、末尾に文責者らしき略称で、『(岩)』とある。岩田の岩だろう。発行年から考えて、おそらく、チーフがまだ新人に近かった頃のものではないか。

画面を見つめつつ、瞬きを繰り返した。胸元で携帯が鳴る。

鳴り響く携帯を取り出し、画面を確認した。先輩からだ。グッドタイミング。勢い込んで電話へと出る。が、自分がしゃべり出すよりも先に、先輩がしゃべり始めた。

「思い出したんだ。辰ばあちゃんが、何を言ったか」

「いや、今、それどころじゃ」

「辰ばあちゃんは、内海館長にこう言ったんだ——『この海で、イルカ達に泳いでもらっちゃ、どうだろうね』って」

息を飲んだ。様々な物事が一気に重なっていく。

「その時、館長は明言を避けたらしい。結局、提案の実施を見送った。何で読んだのかは思い出せない。たぶん、昔の業務日誌に書いてあったんだと思う。で、それから数日して、海遊ミュージアムで文献あさりをしていたら、偶然、似た内容のコラムを目にした。で、あのメモをしたんだ」

「あの、それって『イルカビーチ実現に向けて』ってコラムですよね」

「そう、それ。イルカビーチ。辰ばあちゃんは漁村暮らしだったとはいえ、普通の人だろ。一方で、水族館スタッフは水族展示のプロ。つまり、普通の人とプロとが、時空を越えて、同じ構想を抱いたってことになる。こんなことあるんだと思って、ノートに書き留めた」

「先輩、そのコラム書いたの、たぶん、チーフですよ」

「チーフ？　どこのチーフ？」

「うちのチーフ。若き日の岩田チーフです。名前が残ってるから、間違いないと思います。それに、これ、構想では終わってないです」

「終わってない？」

「アクアパークはともかく、海遊ミュージアムの方は実現してます。咲子が詳しい付属資料を送ってくれたんです。イルカビーチに関する事細かな計画資料。どう見たって、もう実現してます」

　画面をスクロールしつつ、資料のことを話していく。

　先輩が電話の向こうでうなった。が、少し間を置いて、なにやら悩ましげな息をつく。「どうだろうな」と言った。

「俺は以前、海遊ミュージアムの企画について調べ上げたことがある。関西水族館の時代まで遡って。それだけ大規模なプロジェクトとなれば、記録と記憶に残ってるはず。でも、そんな記録は目にしなかったし、スタッフからも聞かなかった」

「じゃあ、これって、いったい」

「答えは一つしかない。イルカビーチは実現しなかった。それしかない。つまり、幻のプロジェクトとして終わったんだ」

　幻のプロジェクト。益々、気になるではないか。

「私、明日、チーフにきいてみます。今日は直帰で戻ってこないので」

「きくのはいいけど……まあ、ほどほどにしとけよ。元々の趣旨は議題探しなんだろ。そこにつながっていくかどうか、分からないんだから。それに、イルカビーチが幻に終わったことには、間違いなく、何か理由がある。当事者だったチーフにとっては、たぶん、いい思い出じゃないだろうしな」

「じゃあ、ほどほどで、きくことにします」

　先輩は笑った。

「そう、ほどほど。そうしとけ。ああ、それと、その資料、俺にも送っておいてくれ。あとで、時間ができた時に見てみるから」

　了解と返して電話を切る。目の前の資料を見つめた。幻と言うには、あまりに精緻《せいち》な計画だ。果たして、いったい、何があったのか。

「謎だな、これは」

由香は画面を見つめつつ、首をかしげた。

5

気怠《けだる》い午後の時間帯、スタッフルームは人もまばら。チーフは机に座り、印刷した資料をめくっている。

由香は岩田の机の前に立っていた。

「そこに立ってられたんじゃ、落ち着いて見れねえや。横に座ってくんな。窓際にパイプイスがあっから」

言葉に従い、窓際のパイプイスを手に取る。それを机の横で広げ、腰を下ろした。改めて、チーフの方を見やる。

「懐かしい資料なんだがよ……まいったな、こりゃあ」

チーフは息をついて、資料を閉じた。

「相談に乗るとは言ったけどよ、こんな古いモン、どっから探し出してきたんでえ」

「たぶん、海遊ミュージアムのどこか。別に探したというほどではないんです。ツルを引っ張ったら芋が出てきた——みたいな成り行きで」

「おめえのたとえは、よく分かんねえや。まあ、いい。総会の議題を考えるのは、おめえなんだから。何でもききな。何でも答えるから」

「いや、ほどほどにします」

「じゃあ、ほどほどにききな。ほどほどに答えるから」

「では」

無難なところから始めることにした。

「あの、どうしてやらなかったのかな、と。ここまで精緻に詰めてるのに」

「精緻？　こんなもん、器だけの絵図面よ。この他にも検討すべき事は山ほどあるし、その実行となれば金も人手もいる」

「じゃあ、予算不足で？」

「いや、それ以前の問題だな」

「それ以前？」

「当時の俺ァ、自分の思いつきに酔っちまってた。親しい設備業者に頼み込んでプランを練ったんだがよ、肝心要《かんじんかなめ》の事柄が抜けていた。その頃、関西水族館の沿岸はかなり富栄養化が進んでてな」

「増えようか？」「富栄養化」

「フエイヨウカ」「呪文じゃねえよ」

チーフはあきれたように首を振った。

「もっと分かりやすく言うか。当時はな、大阪湾から瀬戸内にかけての内海に、赤潮がかなり頻繁《ひんぱん》に出てたんだ。赤潮——この言葉なら分かるな?」

「海面が赤く染まるやつ」

「そう、それ。その悪いやつよ。魚に大打撃を与える悪いやつ。イルカは哺乳類だから、魚類ほどの影響はねえんだが、たまに毒性の強い場合があってな。油断はできねえ」

「じゃあ、それで見送りに?」

「いや、そのこと自体と言うより……俺自身、わけが分からなくなっちまった」

言葉の意味が分からない。黙って、チーフの顔を見つめる。

チーフは肩をすくめ「そもそもよ」と言った。

「水族館は何のためにあんだ? 水族の魅力、それに、その水族を取り巻く自然の魅力——そんなものを分かってもらうためにあんだろ。俺ァ、企画を詰め始めてから、ふと、思っちまった。赤潮リスクのある海でイルカを泳がせて、どういう魅力が伝わってくんだ? まあ、いろんな意見があることは分かってる。だが、当時の俺ァ、自問自答で泥沼に入り込んじまった。そうなると、もう、前に進める気力が湧いてこねえ。で、自分から企画を取り下げた。苦い思い出よ」

　苦い思い出。先輩の推測は当たっていたらしい。だが、自分は妙な気分だ。分かるようで分からない——そんな気分が身を包んでいる。

「そんな顔すんじゃねえや。まあ、議題は他に考えな。昔話はこれでおしまい。もし、悩んでんなら……」

「おしまいじゃ困るな、岩田さん」

　机の前から声がかかった。顔を上げると、そこには倉野《くらの》課長と修太《しゅうた》さん。二人は顔をしかめて立っている。

　チーフが怪訝そうに言った。

「なんでえ。部門長会議の時間か」

「それもある。だが、その前に先程の話だ。このままでは、お姉ちゃんが理解しないまま終わってしまう。それは困る」

「困りまっス」

　即座に修太さんが賛同。倉野課長はまくし立て始めた。

「ここ数年、アクアパークの沿岸では、赤潮は出てないんだ」「そうそう」

「随分と苦労してきた。海中環境は、大幅に改善してきてる」「そうそう」

「お姉ちゃんの提案は悪くないと思うがな。やれば、どうだ」「そうそう」

「やればって……イルカビーチをか」

「地元の人達でさえ、海を知ろうとしない。パネル展示やら、ビラ配りやら、いろいろやってはみたんだが、どれも効果が薄い。こういったテーマは地味だから」

チーフは腕を組んだ。しばらく、何やら考えていたが、やがて、あきらめたように首を振る。「そうだな」とつぶやいた。

「関係者総会に出席すんのは、内海館長と嶋。俺の段階で無下《むげ》にするわけにはいかねえや」

いつの間にか、自分がイルカビーチを提案したことになっている。取りあえず、昔の事情をきいてみたかっただけなのに。これはまずい。

「あの、チーフ。私、これを議題にすると決めたわけでは」

「分かってらあな。これから部門長会議だし、取りあえず話に出してみて、反応を見るだけよ。どのみち『はい、そうですか』で決まる規模の話じゃねえんだ」

チーフは顔をしかめた。

「計画したって、実施できるのは二、三年後ってところだろ。こういったことは地元を巻き込まなきゃ、仕上がらねえんだよ。今回の関係者総会に載せるかどうかは、おめえが決めりゃあいい」

　それを聞いて安心した。それなら異論は無い。数年先のことなど、どうとでもなる。それよりも、目の前の課題が片付くことの方がありがたい。

「だがよ」

　チーフは修太さんの方を見た。

「修太、楽してたな。おめえ、『そうそう』しか言ってねえじゃねえか」

「上司の話に口は挟めないっス」

「じゃあ、後輩のお姉ちゃんにならいいだろ。説明してやってくんな。水族館のスタッフとしては、まずいだろ。『フエイヨウカ』が呪文なんだから。おめえだって、苦労してきたんだ。その苦労を理解させてやってくんな」

「イエッサー」

　修太さんは大仰《おおぎょう》に敬礼。チーフは苦笑いして立ち上がった。そして、倉野課長と連れ立ち、スタッフルームを出ていく。

　修太さんがつぶやいた。

「行っちゃったねえ」

　そして、楽しげに身を揺する。なぜか、笑いをこらえていた。

「あの、修太さん。何か、おもしろいことが」

「無いよ。何も」

修太さんが振り返る。いきなり、指を三本、立てた。

「報酬はこれね。僕が教官やると、高いよお」

駅前の居酒屋、飲み放題三千円コースか。

「ウミガメパン三個ね。缶コーヒーを一本、付けて。ちなみに、ウミガメパンはイチゴ味の方ね。通称アカウミガメパンをお願い。それを買ったら、資料室に集合。資料を手元に、お勉強タァイム」

修太さんは大仰な口調で言い、リズムを取るように、おなかを叩く。そして、扉口を指さした。

「さ、行って。僕、業務日誌を片付けてから、資料室に行くから」

何がなにやら分からない。だが、チーフの指示でもある。

由香は財布を取り出し、扉口へと向かった。

6

資料室の閲覧テーブルには、ウミガメパン三個と缶コーヒー。それを修太さんは猛烈な勢いで腹に収めていく。

「今日はお昼抜きだったんだよ。課長がいきなり『予備水槽の配置を見直せ』とか言い出してさ」

由香は修太が食べ終わるのを待っていた。

「でも、ようやく一息つけた。じゃあ、またね」

立ち上がる修太さんの腕をつかんだ。タダ食いは許さない。

「修太さん、説明がまだです」

「何だっけ？」

「呪文の話……じゃなくて、アレです。アレ」

アレとしか言えない自分が悲しい。が、修太さんは「ああ、呪文の話ね」とつぶやき、書棚へと寄った。手を子供向けのコーナーへとやる。その中から一冊を抜き出すと、それを手に閲覧テーブルに戻ってきた。

「テレビの旅番組とかで、よく聞く言葉あるよね。『わあ、きれいな水。生き物いっぱいですね』とか。さて、問題。この時の『きれいな水』って、どんな水？」

「それは」

考えるまでもない。当たり前ではないか。

「濁ってなくて、無色透明の水。混じりけがなくて透き通ってて、どこまでも見えるというか……水底を泳ぐ魚まで見えちゃうような、そんな水です」

「皆、そう思ってるんだよね。でも、きれいすぎる水には、生き物は棲めないの」

「へ？」

「たとえば、北海道の摩周湖。世界最高レベルの透明度で、きれいな湖の代表って言えるかな。でも、魚はほとんど棲んでない」

「あの、どうして」

修太さんは本を開いた。まず目次を開き、頁をめくる。すぐに「あった、あった」と言うと、その本をテーブルに置いた。

「これ、理科の教科書。こんな絵、あちこちで見るでしょ」

ページ全面に太陽と湖が描かれていた。湖の中には楕円形のプランクトン。そこから矢印が引かれて、ミジンコ。更に矢印があって、小魚。更に矢印で、大魚。この手の絵なら、今までに何度も見たことがある。

「あの、これって、食物連鎖の説明図ですよね」

「その通り。同時に生態系の説明図でもあるの。生態系の始まりは、海でも植物。つまり、植物プランクトン。植物だからね、光と肥料が必要。だから、生き物が豊かな湖ってね、実は、絶妙に濁ってるの。肥料となる栄養分が混じってるわけ」

なるほど。

「長い年月の間に、ただの物質『水』にいろんな栄養分が混じっていく――これが富栄養化。意味はそのままだよ。『栄養に富むようになる』ってこと。当然、元々は、良い意味で使われてたの」

「でも、チーフは悪い意味で使っていたような」

「そう。だから、自然環境のことを勉強し始めると、皆、ここでつまずいちゃう。『栄養豊かで何が悪いんだ』ってなるわけ。本当は、別の用語を作れば良かったんだよな。でも、富栄養化と言っても、間違ってるわけじゃないんだよ」

修太さんは指先をおなかへ。分厚い脂肪《しぼう》をつまむ。「ほら」と言った。

「栄養豊かでしょ。でも、メタボ。要は、豊かすぎる――栄養過多なんだよ。海や湖が栄養過多になっちゃうと、どうなるか。植物プランクトンが異常繁殖しちゃうの。

これが赤潮」

「どうして、栄養過多に？」

「人間の生活があるからね。その排水が流れ込んじゃう」

「でも、排水って処理しますよね」

「処理といっても、別に蒸留水にするわけじゃないから。どうしても、余分な物が混じっちゃう」

修太さんは教科書を閉じた。

「いい？　よく考えてね。水って高い所から低い所に流れる。これ、常識。時間はかかっても、流れ流れて、へこんでる所に溜まる。これも常識。さて、ここで、もう一度、問題ね。地球全体で見た場合、へこんでる所ってどこ？」

どこだろ？

「考えてみれば当たり前なんだけどさ、海なんだよ。だから、人間の使った水って、最終的には海に行きつくわけ。家から処理場へ、処理場から川へ、川から海へ。由香ちゃんが、朝、顔を洗った水も、最終的には海に行くの。皆、『分かってます』って言うんだけど、そういった肌感覚はあまり無い。だから、分かってると言いつつ、『アレ？』って顔付きをすんの。今の由香ちゃんみたいに」

自分の顔は見られないが、確かに、そんな顔付きになっているような……慌てて、頬を叩き表情を整える。修太さんが笑った。

「そこまでしなくていいよ。由香ちゃんだし」

その言葉は、ちょっと、引っ掛かるものがある。顔をしかめると、修太さんは「勉強に集中」と言い、話を続けた。

「まあ、岩田チーフの若い頃と比べるとね、排水処理も随分とアップして、水質は改善してるんだよ。特に、さっき言ってた瀬戸内海とか。でも、別の問題が出てきた」

「別の問題？」

「たとえば、海苔の色落ち。これって海のバランスが壊れて、逆に栄養不足が起こったせいだって言われてる。自然のバランスって、絶妙なんだよ。だから、いったん壊れると、そう簡単には戻らない。『水をきれいにしました』で終了じゃないの。けれど、自然のバランスを全部、人の手で再現するのは無理。自然界は実験室じゃないからね」

「じゃあ、どうすれば」

「自然そのものの復活を目指すしかない。と言っちゃうと、捉えどころがなくなっちゃうので、できることからコツコツと」

「あの、コツコツって、何を」

「まずは元の環境と生態系をよく調べる。で、今の沿岸の地形や海流を考えながら、その状態に近づけていく。ポイントはいろいろあるんだけども、やっぱり、藻場であることが多いかな」

「モバ？」

「簡単に言っちゃうと、海藻の森。アマモとか、ガラモとか、コンブとか。場所によって、種類は変わってくるんだけど。藻場ってね、海再生の鍵なんだよ。でも、場所は海底だから、再生にはすごく手間暇がかかる」

修太さんはため息をついた。

「アマモを例に取るとね、まずは、あちこち調査して、再生に適した場所を選択。海底の土壌改善とかして、基礎となる環境をゆっくりと整えていくの。これは陸上で植物を栽培するのと同じだよね」

黙ってうなずいた。農家の人から似たような話を聞いたことがある。

「でも、場所は海底。アマモは種で増えるんだけどさ、単純に海底に種を蒔《ま》いても、なかなか定着しない。海底に合わせた特殊な種まきや移植が必要になるの。それをやっても成功するとは限らない。海の森の姿を取り戻すまでには、とっても長い時間がかかる」

　修太さんは眉をひそめた。

「で、その間に人間の方が世代交代で、入れ替わっちゃう。これがまた、新たな問題を引き起こしちゃうってわけ」

「あの、それと自然と、どういう関係が」

「開発直後はね、以前の海を知ってる人が、そこら中にいる。で、そういう人達が『昔の海を取り戻せ』って活動する。この辺りの近海もそう。アクアパークがまだ準備委員会の頃、倉野課長がそういった人達を集めてね、海の再生を目指して活動を始めたの。通称『里海で遊ぼう会』。昔は地元の人達であふれ返ってたんだよ」

　スタッフルームでの倉野課長を思い返した。課長は熱く語っていた。事情を知らない自分には、なにやら、奇妙なこだわりに見えた。だが、こういった経緯があったのだ。あのまくし立てるような口調も、今なら納得がいく。

「でも、徐々にメンバーは減っていった。今はもう、昔の三分の一くらいかな。しかも、地元の人は一割。なんだか、趣味人の会みたいになっちゃった。まあ、分からないでもないんだよ。普段の生活で海を意識することなんて、もう無いからねえ」

　どこかで似たような言葉を聞いたような気がする。そうだ、吉崎姉さんだ。確か、こう言っていた――もう海辺に住んどるという意識すら無いがな。

「でも、ようやく今、長い時間の成果が出てきてんの。元の海が戻りつつある。まさしく、ここがターニングポイントなんだよ。地域一丸となって進めていきたいところなんだけどさ、残念ながら、地元の人は無関心。でも、このことは、ここだけの問題じゃない。日本中、いや、世界中と言っていいかも」

「世界中？」

「たとえばさ、『南極の氷が溶けている』なんてテーマで議論したがる人、結構、いるよね。話を聞いてるとさ、皆、熱心なんだよ。南極の環境に興味あるくらいだから。でも、身近な自然について尋ねてみると、何も返ってこない。そこには興味無いんだよね。考えてみれば、不思議なんだよねえ。『里川や里山が今、どうなってるか』って、南極よりも自分にかかわってくることなのに」

修太さんはため息をついた。

「でね、『地元の自然を取り戻そう』なんて活動が始まると、いきなり目の色が変わる。元々、熱心な人達だから。でも、地味な調査はカット。一足飛びに、自然回復を狙っちゃう。『自然豊かな観光名所を目指しましょう』なんてね。で、里川に稚《ち》コイを放流しちゃったりする。コイって、日本ではイメージいいからねえ」

「あの、それって、いいことですよね」

「さあ、どうだろ。放流って、いろんな観点から検討する必要があるからね。まあ、元々、コイがいた環境なら、許容範囲かもしれないけど」

意味が分からない。怪訝な顔をしていると、修太さんは説明を追加した。

「実は、コイって、『世界の侵略的外来種ワースト一〇〇』に入ってんの。雑食で繁殖力が強いから、元の生態系を壊しちゃう。おまけに、魚の中では濁った水を好む方だからね、きれいな水のアピールにはならない。自然保護活動のはずなのに、逆に生態系を壊しかねない事例って、他にもいっぱいあって……」

突如、室内に鋭い音が響く。音は自分のポケットから。携帯が鳴っていた。なぜか、修太さんが嬉しそうな顔をする。「出て」と言った。

「きっとチーフからだよ、それ」

携帯を取り出して、画面を確認する。修太さんの予想通り、チーフからだった。が、電話に出ても、いつもの野太い声は聞こえてこない。聞こえてくるのは、チーフらしくないかすれた小声。よく聞き取れない。

「あの、もしもし。チーフですよね」

「馬鹿。でけえ声を出すんじゃねえよ。今、館長室の廊下に出て、聞こえねえように電話してんだから」

かすれた小声が続く。

「館長につかまっちまった。おめえも覚悟してくんな。例の資料を持ってよ、館長室に来な」

「あの、例の資料って?」

「おめえが印刷したイルカビーチの資料よ。館長がおめえの口から説明を聞きたいと言ってんだ」

「私が説明を?」

声が裏返った。

「素っ頓狂《すっとんきょう》な声出すんじゃねえや。仕方ねえだろ。館長の指名なんだから。関係者総会に出るのは、おめえと館長。館長はよ、『嶋さんの提案となれば、ご本人から聞きませんとね』なんて言い出してんだ」

顔が引き攣っていく。「そんな」と返してみたものの、次の言葉が出てこない。チーフは小声で「心配すんねえ」と言った。

「今なら、俺が隣にいて補足してやっから。今でなきゃあ、一対一で説明することになるぜ。早く来い」

顔を引き攣らせつつ、電話を切る。修太さんが満面の笑みを浮かべ「呼び出しでしょ」と言った。

「こうなると思ってたんだよねえ」

「思ってた？」

「沿岸域の海再生ってさ、アクアパークにとっては永遠のテーマ。それが今、重要な節目に来てる。でも、誰も気づいてくれない。パネル展示とかしたんだけどさ。皆、素通りなんだよね。そんなところで」

修太さんは、鼓《つづみ》を打つように、おなかを叩く。

「由香ちゃんが登場。イルカビーチなんて言い出すからさ、課長も僕も飛びついちゃった。話を持ち出せば、館長も絶対、食いつくと思ったんだよね。いやあ、めでたし、めでたし」

やられた。

「そんな顔しないでよ。地元の人達に海を思い出してもらう、いい機会なんだから。できれば、バンドウイルカじゃなくて、沿岸性のスナメリだったら、ぴったりなんだけどね。まあ、イルカ担当としてもさ、水族館生まれのイルカに海を教えてあげられるんだもの。悪くないんじゃないの」

「あの、もしかして、赤ちゃんを海に?」

「まあ、それは実施の時期次第かな。赤ちゃんの成長段階も考えなきゃならないから。まずは、ニッコリーじゃないの」

改めて気づいた。赤ちゃんだけではない。ニッコリーも海を知らないのだ。

「地元の海の回復アピール。それにあわせて、ニッコリーに海体験をプレゼント。ダブルの目的があると思えば、悪くない企画でしょ。それに、ニッコリーにとっては初めての海。行動変化を追っていくと、おもしろい観察結果になるかも。研究者なら、飛びつくと思うんだよねえ」

修太さんは楽しそうにドアを指さした。

「早く行かなきゃ。チーフ、しびれを切らしてるよ」

唾を飲み込んだ。確か、最初は弁当を食べながらの世間話だったはず。それが、勝手に大きくなっていく。止めたいのに、止められない。

「では、行って……きます」

取りあえず、修太さんに一礼。由香はため息をつき、立ち上がった。

7

目の前には応接テーブル。館長は真向かいに座り、資料をめくっている。当時の経緯を説明してはみた。だが、細かな部分は分からない。

「ええと、資料は昔のものですから、その、今とは……」

由香は助けを求めて隣席を見やった。

隣席にはチーフが座っている。チーフはすかさず身を乗り出し「まあ、イメージみてえなもんで」と言った。

「アクアパークとは、条件が違いすぎまっさあ。それに、当時と比べて、設備の材質などは、かなり変わってきてますんで。よくよく検討し直すことが必要かと。まあ、長期的なテーマとしては、興味深いと思うんですが」

「なるほど。課題は多そうですね」

館長は腕を組んで目を閉じた。そして、何やら考え込み始める。無言の間。壁時計の音しかしない。が、しばらくして、館長は目を開いて、腕を解く。膝に手をつき「具体的に」と言った。

「詰めてみましょう。アクアパークの海岸に合わせてね。そうしないと、見えてこない課題もありそうですから。それに、具体的な形に仕上げて分かりやすくしないと、一般の人達には分からない。つまり、関係者総会には出せません。そんな方針で、どうですか、チーフ」

「分かりました。検討課題を洗い出してみます。議論の叩き台っちゅうことで」

「叩き台？　いえ、議論はしません。案の提示です。チーフも関係者総会をご存じでしょう。あの雰囲気で、議論なんかできると思いますか」

「ですが、海岸を利用するとなると、許認可を含む面倒が。やはり、一度、総会で議論して、筋を通しておいた方が」

「課題があるなら、我々が解決策を見つけた上で、彼らに提示するんです。『こうして欲しい』と。で、了承を得る。そうでないと、決まるものも決まらない」

館長の言葉に、チーフは頭をかいた。

「そこまで急ぐこともないかと。まあ、早くて来年、いや、再来年の夏。まだ時間はありますんで」

「何を言ってるんです。やるなら今年の夏。これしかない」

思わず、息を飲んだ。唖然としつつ、チーフの顔を見る。チーフも自分の方を見て、唖然とした表情を浮かべている。当然だ。もう六月なのだから。準備をする時間などあるわけがない。

チーフはゆっくりと顔を戻した。

「あの、ご冗談で」

「冗談を言う会話の流れではないでしょう。いいですか。我々は、ここ数年、有言実行の方針でやってきました。皆さんの努力のおかげで、アクアパークは他の水族館からも一目置かれる存在になりつつあります。この臨海公園の関係者からも、頼りにされるようになってきた。ですが」

館長は手のひらで資料を叩いた。

「世の人はイルカより気まぐれ。こんな状況は、一年も保《も》たない。来年や再来年を目指して、段取りよくやろうとすると、かえって、事は進まなくなる。おそらく根回しと手続きで、数年を失うことになるはずです」

突然、館長は自分の方を向く。「嶋さん」と言った。

「あなたは役所本体で働いていました。こういったことは、私よりも分かると思いますが」

「それは、まあ」

わざと言葉を濁した。確かに、役所にはそんな所がある。正直に言って、自分も急がない仕事は放置してきた。そのままにして忘れてしまったものも何件かある。だが、ここは館長の話に乗るわけにはいかない。

だが、そんな思いなど、館長はお構いなし。資料に目を戻すと、もう一度、手のひらで叩く。念を押すように「私は何も」と言った。

「思いつきで言っているわけではありません。アクアパークは埋め立ての人工海岸に立地する水族館なんです。我々は、この海を復活させ、守り育て、昔のような海にしなくてはならない。皆の海——里海にする義務がある」

館長は自分を見る。次いで、チーフを見た。

「言わずもがなかもしれませんが……里海を取り戻すための活動は、地域全体で取り組むことが必要です。関心ある人だけを取り込むだけでは、それは果たせません。無関心の人をも、振り向かせなくてはなりません。このイルカビーチには、そのきっかけとなりうるだけのものがあります」

修太さんの顔が浮かんできた——館長も絶対、食いつくと思ったんだよね。修太さんの推測は大当たりだ。館長は今、完全に食いついている。だが、それだけではない。食いついたまま、暴走しようとしている。

チーフは困惑の表情を浮かべた。

「館長、仰せの趣旨は理解できるんですが、なにぶん、今期の予算じゃあ」

「ご心配なく。別枠で取っている予備費があります。それを流用しましょう」

「予備費？」

「何も、このことを予期して、取ったものではありません。元々はイルカ出産プロジェクトの予備費です。逆子出産となれば、何が起こるか分からない。そう思って、こっそり市本体にかけあって、予備費を確保してあるんです。幸い、皆さんのおかげで、手つかずで残っています」

館長は資料の図面に目を落とした。

「むろん、これだけの予算はありません。ですが、何も、この通りにやることはない。チーフが仰ったように前提が違います。海遊ミュージアムの立地は、広大なる自然海岸。アクアパークの立地は臨海公園内の人工海岸。ある程度、規模は縮小することになります。期間も夏休み後半の二週間程度に限定していい。いわば、今年は試験的に実施するというわけです。名付けて、イルカビーチ・ザ・トライアル」

思わず、チーフの口から声が漏れ出る。自分の口からも。

「イルカビーチ」

「ザ・トライアル」

館長は「その通り」とうなずいた。

「それでも予算不足になるようなら、改めて、私が予算をぶんどってきます。これは私の仕事。岩田チーフ、それでいかがですか」

思いもせぬ展開に、チーフは口をあんぐり。が、チーフは実務家肌。すぐに真顔に戻って、館長を見つめる。「予算だけじゃねえんで」と返した。

「夏休み後半を目指すとしても、もう六月ですから。アクアパークの敷地内だけなら、わけねえんですが……こいつあ、海そのものに関わってきますんで。となると、いろいろな機関との折衝《せっしょう》が。今年の夏となると、とても時間が」

由香はイルカビーチの資料を思い返した。

資料には様々な折衝先が書いてあった。県庁、海上保安部、漁協、県警、地元自治会、観光協会……実際にやるとなると、更に関係するところが出てくるだろう。その折衝時間を考えると、間に合うわけがない。

「時間は無い。だからこそ、です」

館長の態度は変わらない。それどころか、次第に、口調が熱を帯びてきている。

「関係者総会で決めてもらうんです。総会の主催は千葉湾岸市。事務局は臨海公園の管理事務所。つまり、この場で決議されれば、市本体も動かざるをえない。許認可関係は、市の方から話を通してもらいましょう。決議によって、余計な根回しも一気にカットできます。なにしろ、関係者全員がうなずくことになるわけですから」

「ですが、とても決議できるとは。決めたことすら、遅れるのが通例。あの雰囲気じゃあ、一発で決めるなんて、まず無理じゃねえかと」

「無理？」

とたんに、館長の顔が厳しくなる。館長は再び「いいですか」と言った。

「繰り返しますが、これは何も、唐突な話じゃないんです。臨海公園をどう活性化するか——これは市本体が数年前からずっと言っていることです。我々は問われている。問われたから、その答えを出す。それだけのことです。違いますか」

チーフは言葉に詰まった。

館長の言葉が続く。

「そもそも、これは、本来、臨海公園全体で取り組むべき事案です。『やらせて下さい』ではない。いわば、『臨海公園のため、やってあげる』のです。ですが、『試験的実施につき、取りあえず我々の予算と人員で対応しましょう』と配慮までしている。ここまで言われて、臨海公園に関わる者が協力しないなんてありますか」

なるほど。物は言いようだ。なんだか、やって当然という気になってきた。

「それに加え、一つ、告白しておきます。十年前、私は総会で地元代表の辰ばあちゃんに言われました。『この海で、イルカ達に泳いでもらっちゃ、どうだろうね』と。その時、私は屁理屈をこねて、見送った。その理由は昔のチーフと同じです。海の回復状況にまだ自信が持てなかった。ですが、今は違います。自信を持ってやれる。いや、やらなくてはならない」

チーフは黙り込んでしまった。若き日の思いがよみがえってきたに違いない。

「とはいえ、あの総会の雰囲気を考えると、私もすんなり決議してもらえるとは思っていません。ですから、なんとかして、出席者の人達を、うなずかせねばならない。それは私と」

いきなり館長は自分の方を見た。

「嶋さんとで、やりましょう」

「え、私？」

「当然です。言い出しっぺなんですから。二人でがんばりましょう。腰の重い人達を動かすのは、若い人の熱意。それを思う存分、見せて下さいな」

「あの、実は、館長、私の腰も重くて……」

チーフに肩を叩かれた。隣を向くと、チーフが自分を見ている。そして、無言のまま、首を横に振った。

あきらめろ。

逃げ道は無いらしい。由香はうなだれ、ため息をついた。

第五プール　裏技トレーニング

1

「まだ、規模と位置を決めた程度なんですが」

梶はイルカビーチの構想図を机に広げた。

ここはウェストアクア東京支社の設計室。パーティションで仕切られた打ち合わせルームに、自分とイタチ室長はいる。関係者総会まで、あと十日。事前に、実務面の課題を洗い出しておかねばならない。

イタチ室長が「ほう」とつぶやき、図面をのぞき込んだ。

「これはアクアパークのある臨海公園だな。てっきり、関西水族館の古い図面が出てくるものと思ったんだが」

「昨日、うちの設備担当にざっくりと引いてもらったんです。規模も違いますし、防波堤の位置も違いますので。今週中には見積もりをお願いできる程度にまで、細部を詰める予定です。その資料は、改めてメールで」

イタチ室長は手を図面にやる。「おもしろい」と言った。

「水産試験場か大規模養魚場のイメージだな。一応、事前にきいとくか。資材はどうする？　だいたいのところは見当つくが、特殊な要望だと困るんでな」

「浜から沖への縦ラインは、可能な限り、浮き栈橋《さんばし》で。端と端をつなぐ横のラインは、フロートとネットで。係留はアンカーで行ければと思ってるんですが」

浮き栈橋は、船着き場などに使われる構造物。海上に浮かぶ部材の上に、床板を渡して栈橋とする。日程や予算を踏まえると、この手しかない。

「期間は、どうする？　どのくらいでも構わんが、見積もりの金額に関係してくるんでな」

「本番が二週間。前後に、準備と片付けで一週間ずつ。計四週間程度を予定していま す。まだ、かなり流動的なんですが」

「この栈橋にある『マイク』って、何だ。普通の栈橋では、あまり見かけんが」

「それは、こちらで用意します。水中音を録音する予定にしてるんです。イルカの行動変化もとらえておきたくて。知り合いの研究者からの提案もあって」

「面識は無いが……沖縄の大学に行った沖田さんか」

黙って、うなずく。イタチ室長は「なるほど」と言った。

「ただの桟橋施設じゃない。あくまで水族館の施設ってわけだな。だが、主要構造部は予想通りだよ。期間もリースと言うより、レンタル。まあ、どうとでもなるだろ。マリーナ向けの設備が、そのまま使えそうだから。岩田さんの若い頃と違って、今は取扱いが簡単な樹脂製が普及してる。この程度なら、特に問題はない」

「じゃあ、お願い可能ですか」

「もともと、うちはこっちが本業なんだよ。いいか、勘違いせんでくれよ。前日にいきなり『ビデオ機材を貸してくれ』と言われる方が厳しいんだ。おかげで、せっかく、いい感じで酔ってたのに、一気に醒《さ》めた」

身がすくんだ。ルンと赤ちゃんの時の話だ。慌てて頭を下げる。

「気にするな」

イタチ室長は笑った。

「俺も、段々、アクアパークのやり方に慣れてきた。まあ、資材は問題ない。問題があるとすると、設置作業だな。作業船はうちの方で用意するが、問題は作業員がそろうかだ」

「今の予定は夏休みの後半くらいなんです。難しいですか」

「今の時点では、何とも言えん。時々、現場間で作業員の取り合いになることがあってな。まあ、現場で指図できる者は、確実に出せるが」

イタチ室長は途中で言葉を飲んだ。何度か頭をかき、「何とかなるか」とつぶやく。顔を上げて、自分の方を見た。

「アクアパークなら、漁協とも親しいだろう。事前に声をかけておいてくれ。養殖設備に詳しい人は必ず何人かいる。設置の基本は同じだよ。いざとなれば、人数はそれで、そろうだろう。あと、問題は警戒船をどうするかだな」

「警戒船？」

「工事現場には必ずガードマンがいるだろう。海の設備工事も同じ。周囲の安全を確保するため、それ専用の船がいるんだ。まあ、特にこだわりがないなら、うちと親しい業者に話をしとく。ただ、これは社外になるから、格安料金では無理だ。それと、早めに日程を連絡しないと、スケジュールを押さえられなくなる」

「分かりました。関係者総会でゴーサインが出次第、ご相談いたします。まあ、うまく採決されるかどうかは分からないんですが」

「総会には内海さんが出るんだろ。なら、間違いない。あの人は遣り手だ。うちに引き抜きたいくらいだよ。あの人がプレゼンでしゃべるなら、周囲も納得する」

「それが」

言葉に詰まった。言って良いものかどうか。

「プレゼンするのは、内海ではなくて」

「内海さんじゃない？　アクアパークは人材豊富だな。あの人以上の遣り手がいるのか」

「それが、その」

再び言葉に詰まった。ええい、言ってしまえ。

「実は、嶋なんです、プレゼンするのは」

そのとたん、イタチ室長はあっけにとられたような表情をした。そして、口を半開きにする。その口から息が漏れ出た。

「大丈夫か」

「大丈夫……だといいんですが」

「そうそうたる面々が出席する会議なんだろう。緊張で、しゃべれなくなるんじゃないか。となれば、プレゼンにならないな」

イタチ室長の指摘は当たっている。あいつのことだ。しゃべり出すまでは、何とかなるだろう。だが、絶対、途中で詰まる。詰まって、焦って、うろたえる。無事、最後まで、話し終えられるかは分からない。

「まあ、君が特訓するんだな」

イタチ室長はおかしそうに身を揺すった。

「万が一、うまくいったら、ご褒美だ。うちも原価割れ覚悟で、引き受けてやる」

いつの間にか、話が「万が一」になっている。だが、反論できない。

梶はため息をつきつつ、机の図面に手をやった。

2

ただ今、先輩のアパートにて特訓中。疲れてきた。となると、つい。

由香は手元の原稿に目を落とした。

「以上をまとめますと、イルカビーチ・ザ・トライアルは、臨海公園全体にとって極めて意義深く……」

「下を向くな。原稿の棒読みじゃ、誰も聞いてくれないぞ」

慌てて顔を上げ直した。

だが、まだ、そらんじて言える状態ではない。前を向けば、やはり、所々、怪しくなってしまう。おまけに、次々と内容の手直しが入るから、なかなか覚えられない。

「ご繁忙のところ、ご拝聴いただき、ありがとうござ……」

「拝聴するのは、お前だろ」

「は?」

「拝して聴くから拝聴。へりくだった表現だ。相手に使っちゃならない。そういった文脈で使いたいなら、ご清聴、だな」

慌ててメモする。日本語って難しい。

先輩はため息をついた。

「難しい言葉で格好良くなんて思うな。締めの言葉ぐらい、前を向いて自分の言葉で話せ。その方が伝わる。つたなくたっていい」

うなずいた。もう一度、最初から練習。途中で駄目出しが出て、またまた最初から練習。三回目で、ようやく先輩が「そんなもんかな」と言った。

「もう、二、三回やれば、慣れてくるだろ」

「あの、まだやるんですか」

「当然だろ。アクアパーク代表として、お前はしゃべるんだから」

「でも、もう夜十二時。練習を始めて、二時間ぶっ通し」

「じゃあ、少し休憩するか。お前は横になって、少し休んでろ。俺が夜食を作ってやるから」

そう言うと、先輩はキッチンへ。

言葉に甘えて、横になった。ため息をつく。頭の中に、チーフの困惑しきった顔が浮かんで来た――あの雰囲気じゃあ、一発で決めるなんて、まず無理じゃねえかと。

簡単には、いきそうにない。しかも、当日、説明するのは自分なのだ。

「いったい、どうなるんだろ」

おなかに手を置く。目をつむると、疲れのせいか、急に眠気が襲ってきた。

まずい。まだ特訓中なのだ。このままでは眠ってしまう。眠気に逆らい、目を大きく見開いた。が、まぶたは重い。いつの間にか、勝手に閉じてしまって……だめだ。眠っちゃいけない。だって、先輩がキッチンで……眠るな。眠るな。眠……抵抗むなしく、眠りの世界へ。

夢を見た。

夢の中の自分は、大きな会議室でしゃべっていた。しかし、誰もまったく聞いていない。どんなに工夫を凝らしても、効果無し。焦った。焦ると、言葉に詰まる。詰まると、しゃべるべき内容が飛んでいく。もう、何もしゃべれない。

どうすればいい？

出席者が一人、無言で席を立った。会議室から出ていく。また一人、立った。そして、出ていく。更に、また一人。出席者は次から次へと席を立った。会議室から出ていく。

まずい。何とかしないと。

助けを求めて、隣席を見やった。そこには、内海館長。何か妙案を授けてくれるはず……と思いきや、館長はよだれを垂らして眠っていた。その隣には、なぜか、ニッコリーがいる。更にその横には、赤ちゃんもいる。二頭そろって、同じように、よだれを垂らしていた。イルカのよだれは、給餌の時に見ることがある。が、会議室で見るのは初めてだ。

館長、起きて下さい。

夢の中の自分は館長を揺すった。館長は目を覚まして、大あくび。淡々と言った。おや、随分と早い。室内を見回して続けた。もう誰もいませんね。

夢の中の自分は懸命に事情を説明した。少し言い訳を含めつつ。

館長は何も言わない。が、説明が終わると、意味ありげな笑みを浮かべた。そして、腕を広げて、大仰に肩をすくめる。ニッコリーと赤ちゃんも胸ビレを広げて、館長の真似をした。これはイルカの模倣行動ではないか。チーフの言葉が頭をよぎる。

――イルカっちゅうのは模倣行動で成長していくもんよ。

こんな時に成長しなくていいっ。

だが、館長は満足気にうなずいている。そして、ニッコリーと赤ちゃんに向かって、人差し指を立てた。指先をゆっくり会議室の出口へ向け、次いで、胸元へ。

ついてらっしゃいな。

館長は背を向けて、出口の方へと向かっていく。移動のサインに従って、ニッコリーと赤ちゃんも楽しげに出口の方へ。

広い会議室に、一人、残された。

皆を呼び戻さないと。

しかし、焦れば焦るほど、咽が詰まる。声が出てこない。胸の中で叫んだ。皆さん、最初からやり直します。棒読みせずに前を向きます。正しい言葉遣いもします。だから、席に戻って。私、ちゃんとしゃべります。しゃべりますから――

「しゃべりますからっ」

目が覚めた。

周囲はまだ薄暗い。頭上には見慣れた天井。自分は先輩のアパートにいる。一休みのつもりが、眠り込んでしまったらしい。

「変な夢……だったな」

ゆっくりと体を起こした。下半身に毛布が掛けてある。ここ数日は、梅雨寒の天候。先輩が掛けてくれたらしい。傍らにメモが置いてあった。

『ラーメンを作っておいた。伸びても食べろよ』

寝息が聞こえてくる。

先輩が傍らで眠っていた。人には毛布を掛けておいて、自分は何も掛けていない。いかにも、先輩らしい。

壁の時計に目をやった。

午前四時。夜明けにはまだ早い。

こうなったら、もう一眠りが一番。毛布の縁を持って、そっと先輩の体に掛けた。毛布にできた空洞へと潜り込む。その中で姿勢を変え、先輩の方を向いた。

目の前には、大きな背中がある。けれど、聞こえてくるのは、かわいらしい寝息。

まるで、大きな子供に添い寝しているような……。

「なんで、ベッドで寝ないんだろ」

笑いが漏れ出る。

由香は目を閉じ、梶の横で身を丸めた。

3

本日は梅雨の晴れ間。本来なら、外出にてリラックスする日のはず。だが、自分は緊張している。ここで内海館長と待ち合わせ。こんなことは初めてなのだから。

由香は千葉湾岸駅のロータリーにいた。

現在、アクアパークの車はフル稼働中。イルカビーチの準備のためで、例外は無い。となれば、おそらく、館長はタクシーで来るだろう。降りてくるところを、見逃さないようにしなくては。

「嶋さん、ここです。すみませんね」

いきなり、背後から声が飛んできた。慌てて振り返ると、館長が改札口を出たところで、手を挙げている。近くまで来ると、軽く頭を下げ「遅刻ですね」と言った。

「申し訳ない。お待たせしました」

「あの、館長、どうして、駅から」

「ウェストアクアの東京支社に行ってたんです。関係者総会は、今週末ですから。直近の状況を報告しておこうと思いましてね」

「あの、ウェストアクアって、総会に出席しませんよね」

「そうですよ。臨海公園に直接関係する会社ではありませんから。でもね、イルカビーチが決まれば、即座に動いてもらわねばならない。で、事前に、念押しに行ったんです」

「あの、先方の反応は？」

「余計なことだったような気がしますね。梶君が密に連絡を取ってくれてましたから。ですが、イタチ室長に問い詰められて、弱りました。『内海さん、難しい会議を嶋さんに丸振りするつもりですか』なんてね。いや、熱い人です」

館長はその時の光景を思い出したらしい。表情を緩め、おかしそうに身を揺する。が、すぐに表情を戻し、「いかかでしたか」と言った。

「千葉湾岸市の方は？　嶋さんが行ってくれたんでしょう」

「それが」

午前中、自分は詳細な資料を持って、市の担当者に会いに行った。むろん、既に大半の事柄は報告してある。が、「もう少し詳細な内容を」と求められ、その説明に行ってきたのだ。だが、呼びつけたわりには、担当者は資料を軽くめくるだけ。何の質問も無い。そして「上の者に伝えておきます」で終了した。が、責めることはできない。かつて、自分もそうだった。そして今、そうされようとしている。

由香はうなだれた。

「どうも、反応が良くないんです。乗り気じゃないというか、聞く気が無いというか。真正面から受け止めてもらったような雰囲気ではなくて」

「そんなもんですよ」

館長は笑った。

「役所はね、市全体を見なくちゃなりません。アクアパークから相談を受けて、即座に目の色変えるなんて、まず無い。あれば、逆に怖い」

「でも、このままでは」

「ずるずると行くでしょうね。『前向きに検討』という言葉付きで。何とかしないとね。もう、日もありませんから」

館長は少しも動じていない。

「大丈夫ですよ。これまで、私達は正攻法でやってきました。正規の窓口を通じて、然るべきルートでね。これって、大事なんですよ。やっておかないと、面子《メンツ》が潰《つぶ》れたって、騒ぎ出す人がいますから。でも、私達は筋を通した。表口がだめなら、裏口に回りましょう。押してだめなら、引いてみなってね。裏技は最後に使うものですから」

「裏技？」

「手はいろいろあるということですよ。がっかりするのは、全部、やってみてからでいいでしょう。では、行きましょうかね」

「あの、どちらへ」

館長は意味ありげな表情を浮かべた。そして、腕を広げて、大仰に肩をすくめる。その様子は、夢で見た仕草にそっくり。もっとも、ここにニッコリーと赤ちゃんはいない。

「なんて顔してるんです。ついてらっしゃいな」

館長は背を向けて、大通りの方へと向かっていく。もう、何が何やら分からない。だが、ついて行くしかない。

由香は慌てて内海の背を追った。

4

ついに、本番の日が来た。広い会議室には巨大な会議テーブル。それを取り囲むように大勢の人達。その右隅で、自分は説明している。

由香は立ったまま、汗をぬぐった。

関係者総会が始まったのは半時間程前のこと。最初の十分で定例の議事は、あっけなく終了。自分の出番となった。汗をかきつつ、説明を開始する。言葉に詰まるたび、先輩との特訓を思い返した。そして、ようやく、締めの言葉へと到達。これを言い終えれば、説明は無事に終了する。

「以上、イルカビーチ・ザ・トライアルの概要でした。お忙しいところ、誠に恐れ入りますが、何卒《なにとぞ》、関係者皆様方のご支援ご協力をたまわりたく……」

——自分の言葉で話せ。その方が伝わる。

言葉を飲み込んで、一呼吸する。由香は言い直した。

「あの、これって、アクアパークの計画なんですけど……アクアパークのためだけではないんです。臨海公園のため。この海のため。今年の夏に向けて、何卒よろしくお願いいたします」

勢いよく、その場で一礼した。

何の反応も無い。

姿勢を戻して、室内を見回した。全力で説明したつもりだが、空振りに終わったらしい。周囲は他人事の顔ばかり。時間が過ぎるのをただ待つ——皆、そんな顔をしている。

目を前方の司会席へとやった。

そこには司会役の観光企画課長が座っている。その隣には市を代表して観光局長が座っていた。局長は居眠りから目覚め、面倒くさそうに課長の方を一瞥する。課長はそれを受けて、軽く咳払いした。

「ええ、では」

課長は何事も無かったかのように話し始めた。

「アクアパークさんのご提案につきましては、引き続き、前向きに検討ということで。次回の総会日時は、改めて、皆様にご案内を……」

結論は出た——前向きに検討。聞こえはいいが、単なる先送りだ。役所にいる頃、何度も耳にし、自分も口にした。だが、本当に検討しているところは見たことがないし、自分もしたことがない。

　そっと隣席の内海館長を盗み見る。

　館長は腕を組み、目をつむっていた。動じていないと言うべきか。あきらめていると言うべきか。ともかく、自分は予定されていた役割を終えたのだ。こっそりと、ため息をつく。そして、腰を下ろそうとした、ちょうどその時、廊下の方で物音がした。

「待っとくれ」

　突然、ドアが開く。誰かが会議室に入ってきた。凜《りん》とした雰囲気を漂わせ、爛々《らんらん》たる目をした老婦人。駅前の焼ハマグリ屋の先代、辰ばあちゃんだ。

「隠居の身でしゃしゃり出るのもどうかと思ってね、廊下で聞いてたんだよ。けど、なんだい、その言い草は。もう聞いてちゃいられない」

　辰ばあちゃんは窓際の席へ。イスを動かし、地元の商店会長と自治会長の間へと割って入る。そのまま、そこで腰を下ろした。

「ここからは、私も地元代表の一人。この総会に出席するから。課長さん、議事を進行しておくれ」

「議事も何も……もう閉会しようとしているところでして。それに、出席者となるには、事前に届けが必要なんですが」

「あんた、総会の規約をちゃんと読んだこと、あるのかい。地元代表者の場合はね、届けが無くとも自治会長が了承すれば、三人まで出席可能なんだよ」

　ばあちゃんは「いいだろ」と言いつつ、脇の自治会長を見た。自治会長はぎこちなくうなずく。ばあちゃんは司会席の課長へ目を戻した。

「これで満足かい。早く進めておくれ。なにも、議事を後戻りさせろ、と言ってんじゃないんだ。あたしだって、廊下で聞いてたんだから」

「では」

　課長は再び咳払いした。

「繰り返しになりますが……アクアパークさんのご提案につきましては、引き続き、前向きに検討ということで。次回の総会日時は、改めて、皆様にご案内を……」

　室内に派手な音が響く――バシッ。

「それだよ」

　再び、辰ばあちゃんだった。手のひらで会議テーブルを叩いたらしい。肩をいからせ、手を会議テーブルに付けている。

「次回って、いつのことだい。定期総会なら一年後。臨時で開くとしても半年後なんだろう。それじゃあ、夏が終わっちまうんじゃないか。嶋さんは、さっき、『今年の夏』と言ったんだよ」

「いえ、そのことも含めまして、前向きに……」

「情けないいね。前向き、前向きって。それって先送りだろ。いいかい。いったん漁にでればね、即断即決。先送りなんて、自然には通用しないんだよ」

「申し訳ありませんが、ご意見は後ほどゆっくりと……」

「おだまりっ」

二度目のバシッ。

「地元代表者の発言を遮っちゃならない。それが、この総会の不文律なんだよ。そんなことも知らないで、よくもまあ、議事進行を」

辰ばあちゃんは途中で言葉を飲み込んだ。会議テーブルに身を乗り出し、司会役の課長の顔を見つめる。姿勢を戻すと、合点したかのように「ああ」と言った。

「あんた、隣町に住んでたタア坊だね。はなたれ小僧が立派になったもんだ。けどね、司会をやるなら、この総会の成り立ちから勉強しておくれ。この会は、元々、再開発に関わる地元協議会を発展解消したもんなんだよ。『地元の皆様のご意見を拝聴』ってところから始まったんだ。嘘だと思うなら、発足時の趣意書を読み直しな。前段にちゃんと書いてあっから。その昔、ジイさんとあたしで、文言を考えたんだ」

タア坊こと、観光企画課長は下を向いた。下を向いたまま、ばあちゃんに向かって手を広げる。小声で言った――「どうぞ、ご発言を」

辰ばあちゃんの発言が続く。

「まったく、皆、何を聞いてたんだい。アクアパークは、『準備と運営の大半は自分達でやる』って言ってんだ。その上で、『協力を』って言ってる。じゃあ、各自が何を協力すればいいか――うやむやになりがちな事柄も、きちんと資料にまとめてある。さっき、嶋さんが読んでくれたろ」

辰ばあちゃんは自治会長の席にある資料を手に取った。室内を見回し、司会席の方を見やる。そして、資料を開いて一瞥《いちべつ》。顔を上げ「まずは」と言った。

「千葉湾岸市。ちょっと、観光局長さん、あんた、説明中に居眠りすんじゃないよ。否定したたって無駄だからね。あたしゃあ、ドアの隙間から見てたんだ。だいたい、会を主催するあんた達が」

辰ばあちゃんは途中で言葉を飲み込んだ。再び、会議テーブルに身を乗り出し、局長の顔を見つめる。姿勢を戻すと、合点したかのように「ああ」と言った。

「見たことあると思ったよ。漁港奥にあった海苔問屋の末っ子、ヨッちゃんだね。あんた、よく網にいたずらして、うちの人に怒られていたねえ」

局長がうつむく。

辰ばあちゃんは「まあ、いい」とつぶやき、資料に戻った。

「資料にはこう書いてある。『関連する許認可手続きについては、日程を勘案のうえ、最大限の配慮を願いたい』——要するに、タラタラせずに、さっさと印鑑押せってことだろ。『県との事前協議が必要となる場合には、市も同席を』——って、当たり前じゃないか。この臨海公園を、日々、管理してるのは市なんだから」

辰ばあちゃんは資料をめくる。司会席の右横には、公園管理事務所の所長。ばあちゃんは「次は、あんただ」と言った。

「現場の長なんだろ。なにを、他人事みたいな顔してんだい。事務所の仕事は明確。『来園者増に備え、警備と案内の強化を』——そもそも、管理事務所は『来場者増を』って言い出した張本人。言われなくとも、自分達が率先して考えることじゃないか」

所長がうつむく。

ばあちゃんは顔を上げ、室内の顔を順に見ていった。

「漁協は設営の手伝いと赤潮の監視——手伝いなんて一日か二日だろ。赤潮の監視は毎日やってることじゃないか。学校関係者は夏休み登校日での課外活動を検討——渡りに船だね。以前、『課外活動の題材が無い』って悩んでたろ。観光関係者と他施設の運営者は、この件に関する広報に協力——ありがたい話だね。自分達のためにもなるんだから。地元の自治会と商店会は、浜の清掃と来場者案内のボランティア——『海辺の街』ってアピールしてきたんだ。なら、当然のことさあね」

辰ばあちゃんは室内の面々を見回した。

「どうだい？　突き詰めてみれば、何のこたあない、普段の延長線上にある事柄ばかりじゃないか。何年も『臨海公園の活性化を』とか言っといて、今さら、できないってあるかね。あるなら、その理由をじっくり聞いてみたいもんだ」

辰ばあちゃんは湾岸開発の荒々しい交渉経緯を肌で知っている。しかも、ばあちゃんにとっては、どの出席者も子や孫同然だ。肩書きなど関係ない。その一方、出席者の大半は、出来上がった臨海公園を見ながら育ってきた人達。ばあちゃんの経験と気迫に勝てるわけがない。

「裏技……か」

こっそりとつぶやく。由香は先日の出来事を思い返した。

館長に連れられ、訪れたのは辰ばあちゃん宅。いきなり館長は言った。「十年遅れで、実現を」と。そして、今日までの経緯を説明し、頭を下げた。

「あの時は、まだ海の回復に自信が持てなかったんです。しかし、今、海は元の姿を取り戻しつつあります。重要な節目なんです。今こそ、関心を失ってしまった人達を振り向かせねば」

辰ばあちゃんは笑うかのように息を漏らし、内海館長を見つめた。

「館長さん、あたしに何をさせようってんだい？」

かくして今、辰ばあちゃんは関係者総会に飛び入りで出席。シャンシャン儀式を引っ繰り返し、この場を牛耳《ぎゅうじ》っている。

「どうだい」

辰ばあちゃんは資料を閉じた。

「大したもんじゃないか。普通、ここまでは詰められないもんだよ。こう具体的に言われれば、もう『やります』か『やりません』しかない。違うかい？」

「あのう」

司会役の課長だった。

「ご発言を遮るつもりはないんですが……閉会の時間が迫っておりまして。ご意見は、このあと、公園管理事務所の方でお聞きできればと」

「課長さん、もう、これは意見じゃないんだよ。何って言ったかね。そう、動議だよ、動議。採決しておくれ」

「採決？」

辰ばあちゃんはうなずき、資料を掲げた。

「各人、やることはここに書いてある。『アクアパークの提示方針に基づき、各自、最大限の協力について努力する』——このぐらいの決議、何でもないだろう。だけどね、そう決めた以上、できない場合には、その理由を明確に説明できなくちゃならない。説明義務ってもんが生じんだよ。そうでなきゃ、筋が通らない」

辰ばあちゃんは司会席を見やった。「賛成なら立つ。いいね」と確認し、資料を会議テーブルに置く。そして、立ち上がった。

「あたしゃあ、立ったよ。皆、どうなんだい」

即座に隣席の内海館長が立った。自分は既に立っている。だが、自分達は当事者だ。他の人が立ってくれねば意味がない。だが、誰も周りの様子をうかがうばかり。立ち上がる気配がない。

辰ばあちゃんは右側を見やった。そこには、禿頭《あげあたま》にチョビ髭《ひげ》のおじさんが座っている。地元の商店会長だ。

「ポン助」

辰ばあちゃんは子供を叱りつけるような口調で言った。

「あんたって子は、昔から、何を言っても、はっきりとしないんだよねえ。そんなことだから、なかなかオネショが……」

　ポン助こと、商店会長が慌てて立つ。次いで、ばあちゃんは左側を見やった。そこには、白髪に無精髭《ぶしょう》のおじさんが座っている。地元の自治会長だ。

「トン助」

　辰ばあちゃんは再び、子供を叱りつけるような口調で言った。

「あんたって子は、昔から、何を言っても、右から左なんだよねえ。そんなことだから、先生に怒られて廊下に……」

　トン助こと、自治会長が慌てて立つ。

　辰ばあちゃんは室内を順に見回した。漁協の組合長が立つ。教育長が立つ。観光協会長が立つ。ホテルエリア代表が立つ。次から次へ。出席者が立っていく。そして、残るは司会席。課長と局長が座ったまま、顔を見合わせている。

　辰ばあちゃんが二人をうながした。

「あんた達にも議決権はあるんだ。どうするんだい？」

　局長があきらめたように頭を振り、立ち上がった。次いで、課長も立ち上がる。その課長に向かい、辰ばあちゃんが言った。

「タア坊、結論を言っとくれ」

「動議は賛成多数……いえ、満場一致で決議されました」

辰ばあちゃんは満足気にうなずいた。そして、こちらを向く。言葉は無い。だが、目が言っていた。

忙しくなるよ、これから。

下腹に力を込める。由香は深々と一礼した。

第六プール　星と海と桟橋と

１

沖合から汽笛が聞こえる。

由香は浜へと走り出た。

水平線に白い夏雲。作業船は大きく右へと旋回し、人工海岸の海を去って行く。設営作業はほぼ完了したらしい。目の前には、今までに無い光景が広がっている。

「海洋プールだ」

図面は何度も見た。だが、実物を目にすると、圧倒されてしまう。まず、砂浜の東西二ヶ所から浮き桟橋。まずはアクアパークに程近い東側から沖へ。そして、かなりの距離を置いて、海岸入口に程近い西側から沖へ。その先端を結ぶのは、海面に浮かぶフロート。巨大な四角形の海洋プールだ。間違いなく、イルカプールの数十倍はある。

手をかざし、海洋プールに目を凝らした。

浮き桟橋とフロートの周囲では、まだ多くの人達が作業をしている。海中に張られたネットを点検しているらしい。そして、浜辺には、図面を手に作業の指示を出している人がいた。後ろ姿を見れば、誰かは分かる。

「チーフ、来ました」

チーフが振り返るなり「おう」と言った。指示をウェストアクアの人に任せ、こちらへとやって来る。

「現場を見ながらよ、打ち合わせをと思ってな。他の仕事は、片付けて来たか」

「まだ残ってはいるんですけど、ヒヨロがやる、と言ってくれたので」

チーフは「そりゃいい」とうなずく。そして、手元の図面を一瞥し、再び、海へと向いた。

「あとは一通り、点検作業するだけよ。日が沈むまで、まだ二時間くれえある。今日中に済ませられるだろ。だがよ、これは、まだ『器ができました』っちゅうだけの話。ここからが本番よ。準備が整い次第、ニッコリーを移動させなきゃならねえ。その手順については、吉崎と打ち合わせてるな」

「はい。ええと」

　由香は昨日の打ち合わせを思い返した。

「まずはイルカプールで、ランディングのサイン。浅瀬のオーバーフローで、ニッコリーを搬送用の担架に乗せます。で、海へ」

「そんなことは分かってらあな。細かな経路まで話してくんな」

「プール奥から出る予定です。奥の柵を開けて、排水溝の方から裏口へ。で、そのまま裏手の海へ。浅瀬をニッコリーと一緒に泳いで、海洋プールまで来ようかと」

「なるほどな。それでいいや。だがよ、イルカにとって、陸上搬送は最大の負荷。その所要時間は、把握できてっか」

「昨日、吉崎姉さんとシミュレーションを。ニッコリーの体重分、満杯の非常用ポリタンクをマットでくるんで、ニッコリーの代わりにしたんです。それを担架で運んだら、およそ五分かかりました。当然、当日ニッコリーは動きますから、もう少し手間取るとは思うんですが、それでも十分以内で行けるかと。ニッコリーが遊び気分で揺れているうちに、裏手の海に到着できます」

「人手は？　担架で搬送する以上、四人はいた方がいいぜ」

「吉崎姉さん、先輩、ヒョロ、私で運びます。念のため、修太さんにもいてもらいます。取りあえず、担架の横で、ニッコリーに水をかけてもらおうかと」

「オーケー。それで進めてくんな。となると、問題は、そっから先なんだが」

チーフはアクアパーク側の東桟橋を指さした。

「浅瀬を泳いで誘導してくりゃあ、あの浮き桟橋に行き着く。桟橋の外側には出入口を作ってあるからよ、そっから入ってくんな」

「じゃあ、そのまま本番まで、海洋プールに」

「いや、出入口から入ると、そこは待機エリアよ。室内プールくれえの広さの。ニッコリーは、まず、そこで待機。ちゅうか、おめえも図面で見てるだろうが」

「見ました。巨大な海洋プールの中に、またプール。不思議だなと」

「分からねえなら、質問してくんな。まずは、待機エリアでニッコリーに慣れてもらう。そのために、わざわざ作ったんだから」

「あの、慣れてもらう？」

「ニッコリーは好奇心旺盛な個体だがよ、海を知らねえ。イルカであれ、ヒトであれ、生きモンちゅうのは、生まれて初めての環境に出くわすと、面食らっちまうんだ。で、待機エリアで慣れるトレーニングをするって段取りよ」

「トレーニングって、いったい、どんな」

「特別なことはしねえよ。要するに『慣らし』だから。まずは、待機エリアで態度をよく観察。問題が無けりゃ、待機エリアから海洋プールへ。内枠側にも出入口を作ってっから。だがよ、普通は、怯えたり警戒したりで、すぐに戻っちまうんだよ。だから、一緒に泳いでやって、出たり入ったりを繰り返す。平気になるまでな」

まさしく、慣らしトレーニング。地味な仕事だ。

「だがよ、こいつあ、吉崎とヒヨロに任せときゃいいや。おめえは梶と二人で、海中チェックをしてもらわなくちゃならねえ」

「海中チェック？」

言葉の意味が分からない。怪訝な顔を返すと、チーフは指先を足元へ。そして「潜るんだよ」と言った。

「海に潜る。目的はイルカプールの場合と同じ。イルカ遊泳の障害となる物が無いかどうかのチェック。特に誤嚥《ごえん》しそうな物よ。沿岸域にはゴミがかなり浮遊してるもんなんでな。だから、海中をチェック。見つけたら、取り除く」

誤嚥を防ぐことは、重要、かつ、日常的な仕事だ。イルカプールでの基本だと言っていい。その基本は、海洋プールでも変わらないらしい。

チーフは「ただよ」とつぶやき、頭をかいた。

「海洋プールは、いろいろと悩ましいことが多くてな」

「悩ましいこと？」

「自然を取り入れるっちゅうと、良いことばかりのようなんだけどよ。自然を取り入れた分、人間の手からは放れちまうわけだ。それを、どこまで覚悟するか。もう決断と割り切りの連続。プールよりも気を遣うことが多くてな」

意外な言葉だった。

自然の中で、泳ぐのだ。気を遣うことは減るように思える。そんな思いが通じたらしい。チーフは説明を追加した。

「まず気になるのは、給餌に摂餌よ。健康管理の基本は『食欲があるか』『どれだけ食べたか』だろ。この基本がよ、曖昧になっちまう」

「あの、どうして？」

「決まってらあ。海の魚を食っちまうからよ。当然、その量は把握できねえ。今まで通りに給餌すっと、栄養過多になっちまう危険性がある。かといって、食ってねえのに、減らしちまうと、栄養不足になっちまう。まあ、通常の給餌量をベースにしつつ、これまで以上に態度と食欲を観察して、量を調整していくしかねえな。もっとも、今回の企画の本番は二週間程度。あまり影響ねえかもしんねえが」

考えてもみなかった。

「それによ、海洋プールでは、人手の確保も大変なんだよ。始終、誰かが見てなくちゃなんねえから」

「広い海の中を泳いでますし、何の心配も無いんじゃ？」

「浜辺での座礁《ざしょう》が心配なんだよ。プールでは勝手に上陸して遊んでるがよ、自然の浜辺は初めてだろ。座礁の危険性が無いとは言えねえ。だから、昼間は誰かが監視員としてつく。で、夜間は待機エリアへと移動。夜が明けたら、再び海洋プールへと移動させて、同時に監視員もつく。面倒なんだが、そうやって対応するしかねえな」

これまた、考えてもみなかった。

「なんて顔してんだ。こんなもんは序の口よ。磯川はもっと、悩ましい思いをすることになるぜ」

「磯川先生が？」

「南九州の水族館が似たようなことをやってんだ。そこでは、海辺の運河を利用してイルカを遊泳させてんだがよ、なぜか、イルカが水底の石を飲み込んじまう」

「あの、どうして、そんなことを」

「イルカにきいてくんな。まあ、遊びの一種なんだろうな。けどよ、そうなりゃあ、おめえだって慌てちまうだろ。すぐに吐き出してくれりゃあいいが、そうでない場合もあって、獣医は悩んじまう。これを誤嚥と見なして、鉗子《かんし》で取り出すべきかどうか。自然界でも似たような行動をとっている可能性がある以上、『人間がどこまで介入すべきか』っちゅう根源的な問いに直面して……おや」

チーフは言葉を途中でとめ、土手の方へ目をやった。

「こりゃあ、皆さん、おそろいで」

遊歩道に、日傘を差した辰ばあちゃんがいた。その脇を固めるは、地元の商店会長と自治会長。ばあちゃんいわく、ポン助とトン助の二人だ。

チーフは説明を中断して、遊歩道へ。その背に自分も続く。辰ばあちゃんはチーフを見つめ、おかしそうに「ふけたねえ」と言った。

「岩田さん、あんたでも年を取るんだねえ」

「仕方ありませんや。最後にお会いしてから、七、八年たってんですから。だいたい、辰さんが年を取らなすぎるんで」

「取らせてくれないんだよ。おたくの館長さんの人使いは、荒いからねえ」

「こりゃあ、申し訳ねえ」

チーフは大仰に気をつけの姿勢を取った。その様子に、辰ばあちゃんは大笑い。両脇の二人は苦笑い。ばあちゃんはひとしきり笑ったあと、自分の方を向いた。

「嶋さん、総会の時は大変だったねえ。よくがんばったもんだ」

「いえ、私、何も」

「昔はこうじゃなかったんだよ。海から離れて何十年もたつと、人間、変わってしまうんだねえ。総会の雰囲気に、あたし自身、啞然としちまったよ」

辰ばあちゃんは力無くうつむいた。そして、ため息をつく。だが、すぐに顔を上げ「でもね」と言った。

「この件に関しては、あたしが何とかするから。何でも言っとくれ。もう海のことが分からない連中ばかりだけどね、使いっ走りくらいはできるだろうから」

そう言うと、ばあちゃんは両脇を交互に見やった。そのとたん、商店会長はポン助に、自治会長はトン助に戻る。二人とも背筋を伸ばして不動の姿勢を取った。ばあちゃんの前では、皆、子供だ。でも、皆、それを楽しんでいる。

辰ばあちゃんは海を見つめた。

「昔はね、一日中、この海を見て、暮らしてたんだよ。昔の海が戻ってくる……いや、戻ってきたんだねえ」

「まだまだ、やるべきことは山積みですがね」

チーフもまた海を見つめた。

「取っ掛かりくれえはできたかと。浮き桟橋には、漁で使うような箱メガネを取り付けるつもりなんでっさあ。海の中をのぞけるように。辰さんにも、ぜひ一度、ご覧いただきてえもんで」

「楽しみだねえ。ほんと、見せてやりたかったよ、うちの人に。あの人、ずっと言ってたんだ。『ここは俺達の海なんだ』って」

潮風に白髪が揺れる。

辰ばあちゃんは言葉を続けた。

「岩田さん、アクアパークのイルカは、この海を楽しんでくれるかね」

「くれるに、決まってまっさあ。イルカってえのは、そういう生きモンなんで」

ばあちゃんはうなずいた。そして、沖合を見つめ、懐かしそうに目を細める。会議の時とは違い、何もかもを包み込む優しげな目だった。

2

プールに潜ったことは何度もある。けれど、アクアパークの海に潜るのは初めて。しかも、先輩と一緒になんて。

「由香ちゃんと梶は海中チェックね」

修太さんはボートの櫂《かい》を置き、汗を拭く。柄付きの網を手に取った。

「ボートからの潜水なら、この辺りからでしょ。二人ともがんばって。僕は海面のチェック。この網で浮いてるゴミ、すくっていくから」

由香はうなずき、対面にいる梶に目をやった。

自分も先輩も既に潜水具を身に付けている。マウスピースもくわえた。もう言葉では会話できない。目と目で会話する。

行きましょうか。

分かった。じゃあ、一緒に。

先輩がスタートのハンドサイン。二人同時に背中から海へ。海中で姿勢を整え、頭を下方にして潜っていく。要領はプールと変わらない。が、肌感覚は明らかに違っている。浅瀬なのに、うねりのようなものを感じるのだ。ここは、まさしく、海。自分は今、その海に潜っている。

スイムフィンをしならせ、ゆっくりと泳いでいく。

先輩は五メートルほど横を泳いでいた。幸い、誤嚥が気になるゴミ類は、今のところ、見当たらない。目の前を小さな泡が海面へと上がっていく。潜水具からの泡ではない。その泡の元をたどっていくと……。

アマモだ。

——藻場ってね、海再生の鍵なんだよ。

アマモはイネに似ている。海藻ではなく、海草と呼ぶらしい。細長い葉が生い茂って揺れる様子は、まるで、海の田んぼ。仕事柄、アマモは展示水槽の中で何度も見たことがある。だが、眼下一面に茂っているなんて光景は初めてだ。

アマモにゆっくりと近づいていく。

細長い葉の上に、小さなエビのような生き物がいた。揺らめきつつ、小さな腕を振っている。その間を泳ぎ回るは、ウミタナゴとハギ。そして、アマモの根元には妙ちくりんな物がくっついていて……と思ったら、タツノオトシゴだった。そのすぐ下の砂地で、ヒモらしきものが動く。よくよく見れば、ヨウジウオ。海底の砂が吹き上がった。こちらはシャコだ。身を隠そうと穴を掘っている。

視界の上方で何かがきらめいた。

海面へ目をやる。少し離れた海面に銀色の群れ。イワシの仲間か、トビウオの仲間か。その群れの中に、大きめの魚が数匹、突入した。そのとたん、銀色の群れは割れ、白い泡が立つ。突入した魚が海面で跳びはねたのだろう。あの大きさの魚で跳ねたがると言えば……きっと、ボラに違いない。

白い泡がゆっくりと消えていく。

そのあとに、かすかな七色が残った。海面で揺れる小さな虹模様。よく見ると、頭上近くでも揺れている。

クラゲだ。

種類は分からないが、先輩から注意するように言われているものとは違っている。このままにしておいても、問題はない。

クラゲが揺れた。ゆらり。自分も揺れた。ゆらり。

——昔の海が戻ってきたんだねえ。

そう、ここは海なのだ。その海に自分は潜り、その一部となっている。何とも言いがたい感慨が湧いてきて、身を包んだ。だが、それに浸る暇も無い。

誰かが、お尻をつつく。つん、つん、と。

誰よ？

そっと視線を横へ。先輩は相変わらず離れて泳いでいた。「先輩かも」なんて一瞬でも考えた自分が恥ずかしい。だが、いったい、誰が。今、潜っているスタッフは、先輩と自分しかいないはずなのだが。

魚のクロダイか。

正体を確かめるべく、ゆっくりと方向転換した。背後へと向いて、目を凝らしてみる。随分と遠くに濃い影があった。その影は揺れつつ、次第に小さくなっていく。

何なの、あれ。

得体の知れぬ生き物が海洋プールに紛れ込んでいる。間違いなく、かなりの大きさだ。お尻にはまだ感触が残っている。慌てて先輩へと泳ぎ寄った。浮上のサインを出して、二人一緒に海面へ。同時に顔を出し、ボートの縁をつかむ。

顔の潜水具をずらすと、修太さんが怪訝そうに言った。

「どうしたの。何かあった？」

「それが」

先輩へと目をやる。

「見ましたよね、先輩も。大きな黒い影」

「いや、気づかなかった。黒い影って、クロダイか」

「そんな大きさじゃないです。もう大きくて。私、びっくりしちゃって。近づいてきたんです、大きなのが」

修太さんが嬉しそうに手を叩いた。

「スナメリだ。沿岸性のスナメリなら、おかしくないよ。僕、先週、旧港の方でボート走らせてさ、灯台の近くで目撃したもの」

「普通は逃げるだろ。その黒いやつ、近づいてきたんだろ？」

「近づいてきました。で、私のお尻をつんつんと」

「つんつん？　それなら、スナメリじゃない。スナメリはネズミイルカ科。そういえば、分かるだろう」

スナメリの姿を思い返した。

スナメリは独特の容貌をしている。のっぺりとした顔で、笑いを漏らしているかのような口元をしているのだ。仮に、つつかれたとしても、つんつん、といった感触にはならない。

「じゃあ、あれは、いったい」

「ごめんなさぁい」

遠くから声が聞こえてきた。東桟橋の方からだ。目を向けると、待機エリアでヒヨロが手を振っていた。

「待機エリアの出入口、開閉テストをしてたんですぅ。そうしたら」

そうしたら？

ヒヨロの言葉に合わせるかのように、海面が盛り上がる。水しぶきが飛んできた。

謎の生き物が堂々と海の中から登場する。

「ニッコリーが、待機エリアから勝手に出ちゃってぇ」

分かってるよ。今、ここにいるから。

ニッコリーは機嫌良さげに身を振った。そして、楽しそうに鳴く――いいよねえ、ここ。お尻、つんつんしても、すぐに逃げられるし。

「先輩、生まれて初めての環境って……普通、怯えたり、警戒したりしますよね」

「普通、そうだな」

「でも、どう見ても、これ……楽しんでますよね」

「楽しんでるな」

ニッコリーは、あきれ顔の自分達に不満らしい。ボートにいる修太さんを見上げて、同意を求めるように鳴いた。

ノリ、悪いよねえ。この人たち。

「そうそう。海は楽しくなくっちゃね」

修太さんは腹を抱えて大笑い。ニッコリーは大喜びし、踊るように立ち泳ぎを始めた。その妙にリズミカルな立ち泳ぎには、見覚えがある。ミニプールのディスプレイを突き倒した立ち泳ぎダンスではないか。

はい、はい、はい、はい♪

何なんだ、初日からこの盛り上がりは。由香は黙って顔をしかめた。

3

イルカビーチ本番まで、あと三日。本番を想定しながら、桟橋を歩いていく。

由香は西桟橋を沖へと向かっていた。

西日の中で一歩一歩。床板がきしむ。そして、少し揺れた。けれど、心配はいらない。安全のため、桟橋の両側には、簡易手すりが取り付けられているから。微妙な揺れを確かめつつ、ゆっくりと足を進めていく。

中程まで来て、足を止めた。

真ん中に透明なアクリル床がある。のぞけば、そこは海の中。チーフが言っていた箱メガネだ。海面下まで届く細長いアクリル箱を、桟橋にはめ込んである。

「皆、驚くだろうな」

潮風を身に受けつつ、再び一歩一歩、沖合へ。程なく、浮き桟橋の先端へと出た。ここは十畳ほどの四角い空きスペース。むろん、簡易手すりもついている。通称『説明デッキ』。今回のイルカビーチの象徴となる場所だ。

「緊張するだろうな、きっと」

予定では、まず、ここで修太さんが解説。語るは、海の再生物語。見学者は潮風を身に受け、足元で海のうねりを感じつつ、話を聞くこととなる。そして、難しい話に飽きが来始めた頃、ニッコリーが陽気にジャンプを披露。わざと水しぶきを浴びせかけるのだ——「理屈だけじゃないよ、これが今の海なんだよ」と。皆、忘れかけていた海を思い出すことだろう。

潮の香りを胸いっぱいに吸い込む。間近で水音がした。

ニッコリーかも。

手すりへと寄ると、案の定、そこにはニッコリー。赤茶色の大きな魚、アイナメをくわえている。ニッコリーは大きく身を振って、そのアイナメを解説デッキの上へ。

そして、得意気な顔付きで、自分を見た。

遊んであげようか。

最近のニッコリーは、少し態度がでかい。

「じゃあ、ジャンプの練習ね」

本番では、見学者に水しぶきを浴びせなくてはならない。その水しぶきは「多からず、少なからず」が肝要だ。だから、明日の練習で、いい具合に水しぶきが上がるジャンプを選択するつもりだった。が、今、ニッコリーはやる気になっている。今日のうちに目処《めど》をつけておくのも、悪くはない。

「何種類か、やってみるから」

まずは、バウジャンプ。濡れたのは、デッキの端のみ。これでは物足りない。次いで、前方宙返り。濡れたのは、デッキの三分の一程度。まだまだ物足りない。

三度目の正直で、バックフリップを試した。背面着水と同時に、大波のような水しぶきがデッキ全体を包む。当然、全身、びしょ濡れ。着水時の音もすさまじい。迫力がありすぎる。幼い子供なら、泣いてしまうかもしれない。

「ちょうどって、難しいな」

濡れた髪を絞っていると、ニッコリーがデッキに戻ってきた。そして、催促するように体を振る。

アレやろうよ。アレ。

何を催促しているのかは、態度で分かる。おそらく、C1ジャンプだろう。だが、C1ジャンプは『空高く投げたアジをスピンジャンプでキャッチする』という荒技なのだ。アジが無くては、始まらない。

「今日は、アジ、持ってきてな……」

途中で言葉を飲み込んだ。手のひらを見つめる。

一度、アジ無しで、C1ジャンプのサインを出してみてはどうか。アジがあるつもりになって、投げる仕草をするのだ。海洋プールに来てからのニッコリーは、遊びの鬼と化している。もしかすると。

「やれるかも」

手のひらを握り気味にしてみた。ここにアジがあるつもり。音楽のロックファンは、ギターがあるつもりになって弾き真似プレイをする、と聞いたことがある。確か、名称はエア・ギター。なんでも、その大会まであるらしいが……。

由香は顔を上げた。エア・ギターならぬエア・アジでいく。

ニッコリーに握り気味の手を見せて、様子をうかがってみた。どこまで理解しているのかは分からない。だが、この態度は、やる気満々だ。

「行くよ」

大きく腕を振って、C1ジャンプのサイン。即座にニッコリーは身をひるがえした。大きく円を描くように助走をし、次第にスピードを増していく。説明デッキへと迫ってきた。

空に届け、エア・アジ。

渾身の力で腕を振った。ニッコリーは海から跳び出しスピンジャンプ。西日を浴びつつ、アジキャッチの仕草をする。そして、大きく一回転。背面から海面へ。着水と同時に、海面は爆裂。波のような水しぶきが、降りかかってきた。エア・アジ版C1ジャンプは大成功。これなら本番でやってみても……。

え？

海洋プールの境界フロートが、ニッコリーの手前で揺れている。なんてことか。勢い余って、ニッコリーは海洋プールの外へ出てしまった。その前には、大海原が広がっている。

「戻って、ニッコリー」

ニッコリーは水平線を見つめていた。

「帰って、ニッコリー」

ニッコリーはゆっくりと振り向く。目と目が合った。

ちょっと、遊んでくるね。

そして、水平線へと向き直った。もう振り向こうとはしない。ニッコリーは軽く一跳ね、海の中へ潜っていく。

「ニッコリーッ」

海面には、何の変化もない。ただ、ゆったりと揺れている。どうすればいい？　震える手で携帯を取り出した。指先の震えを抑えつつ、チーフへとかける。

取りあえず報告せねば。でも、何と言えば。

「よお、お姉ちゃん。何か用か」

電話はつながった。が、言うべき言葉が出てこない。ただ咽奥《のどおく》から、呻き声だけが漏れ出てくる。

「今、どこにいる？」

「ニッコリーが……ニッコリーが行ってしまって」

震える手から携帯が落ちた。

床上でチーフの声が響く。

「どうした、もしもしっ」

床に崩れて膝をつく。由香は落ちた携帯に手を伸ばした。

4

夕闇が刻一刻濃くなっていく。エンジンボートが揺れた。

「ニッコリーッ」

由香は夕闇の海に向かって叫んだ。

だが、何も返ってこない。海はただ、無表情でうねっている。

船尾で先輩が言った。

「エンジンを、かけ直すぞ。少し移動して、東奥の防波堤に行く。生き物は警戒心が増すと、物陰に身を潜めるもんだ。そこの方が、まだ可能性がある」

「でも、ニッコリーの性格だと」

「興奮はどこかで醒める。そうなった時、怯えや警戒心が出てくる。ともかく、この辺りは、もう何度も探索した。続けるなら、別の所へ行かないと」

先輩がエンジンをかける。舳先《へさき》の方を見やった。

「お前の膝元に、サーチライトがある。付けてくれ」

姿勢を戻して、手をサーチライトへ。電源を入れた。強い明かりが海面を照らし上げる。そして、揺れた。

「じゃあ、行くぞ。つかまってろ」

舳先の縁を握りしめる。ボートは進み始めた。手のひらにボートの震動が伝わってくる。時折、大きな波がきて、ボートは揺れた。そのたびに、サーチライトの明かりも大きく揺れる。

由香は夕方からのことを思い返した。

電話報告のあと、チーフの動きは速かった。即座に館内に業務連絡を流し、帰り支度に入っているスタッフを足止め。半時間程で準備を整え、全館あげての探索を開始した。先輩と自分は境界線付近の東側をボートにて探索、姉さんと浦さんは西側をボートにて探索。浅瀬では修太さんが中心になって探索を行い、浜ではチーフが全体を統轄している。そして、沖合には漁船が一隻。チーフの要請を受け、漁協が協力してくれたのだ。しかし、どこからも、まだ……。

由香はボートの中央に目をやった。

船底にトランシーバー型の船舶用無線機が置いてある。しかし、探索を開始して以降、その無線機は無音のまま。どこからも報告は入っていない。どの探索班も手掛かりをつかめていないのだ。

「着いたぞ」

我に返った。

慌てて、顔を舳先へと戻す。サーチライトが防波堤の石積みブロックを浮かび上がらせていた。沖合いからは荒い波。押し寄せ、砕け、水しぶきとなって散る。

背後で先輩がつぶやいた。

「風が……出てきたな」

その直後、鋭い電子音が響く。無線機の音ではないか。ついに、鳴った。どこかの探索班が手掛かりを見つけたに違いない。

振り返って、無線機に飛び付く。

「俺が話す。かしてくれ」

先輩が手を差し出していた。無線機を手渡すと、先輩は専用のイヤホンを耳へ。無線機本体を口元へ。その格好のまま、何度かうなずく。しばらくして、発話スイッチを押した。

「境界線東班、了解しました。伝えます」

そして、無線機を船底に置く。

由香は手をつき、梶に這い寄った。

「先輩、チーフからですよね。ニッコリーが見つかったんですよね」

「いや、探索の指示だった」

「指示？」

「探索はいったん、ここで打ち切り。熱帯低気圧が近づいてきてるんだ。低気圧といっても、今朝方まで台風だったから、かなり強い。今夜の海は荒れる。俺の操船技術では無理だ。姉さんだって同じ。これ以上の探索はあきらめるとのことだった」

先輩はため息をついた。

「もし、ニッコリーがまだ、この辺りにいるなら、もう近寄ってきて顔を出してる。そうでないということは、この辺りにはいない、ということ。そう考えるしかない」

「でも、先輩、さっき防波堤で身を潜めてるかもって。相手はニッコリーなんです。遊びを邪魔されるのが嫌で、わざと近づいてこないのかも。今回だって……」

胸元で携帯が鳴る。

「出ろ」

先輩はエンジンへと手をやった。

「たぶん、チーフだから」

慌てて電話に出る。耳に野太い声が飛び込んできた。

「梶から聞いたろ。戻れ」

「チーフ、あと少しだけ。お願いです。防波堤の周りを探索したいんです。もしかしたら、物陰に……」

「おめえがガタガタ言うだろうなと思って、わざわざ携帯にかけてんだよ。海をなめるな。嵐の海に勝てるやつなんて、どこにもいねえんだよ。いいな」

有無を言わさず、電話は切れた。

先輩が黙ったままエンジンをかける。

切れた携帯を握りしめた。言われていることの趣旨は理解できる。けれど……あと十分でもいい。いや、数分でもいい。それだけあれば、きっとニッコリーは……なら、どうして、姿を見せてくれないのだ。いったい、どこへ行った。ニッコリーはどこへ。

だめだ。考えがまとまらない。

由香は拳で自分の太ももを強く打った。

5

激しい雨音が深夜の廊下を包んでいる。

梶は懐中電灯を手に、イルカ館を見回っていた。

「何も……起こってくれるなよ」

水族館の設備は、単なる機械ではない。水族達の命をたもつ装置でもある。特に魚類などは、環境変化に弱い。真夏のこの時期、冷却系が動かなくなれば、寒冷地に棲《す》む魚は水槽の底に沈んでいく。激しい嵐で配管がやられれば、事は更に深刻。一刻も早く対処せねばならない。

荒れる夜、万が一に備えて、アクアパークでは複数人が泊まり込むことになっている。設備担当は全員、魚類展示課からは約二名が基本。更に、大きく荒れそうな場合は、バックアップ要員として、その他の部署の者も泊まり込む。今夜も例外ではない。自分はイルカ館の控室に、チーフは宿直室に泊まり込んでいる。

「まずは……制御盤のチェックか」

設備室へと足を向けた。ドアを開けて、照明をつける。奥にある制御盤パネルを開けた。並ぶメーターに目を走らせていく。今のところ、イルカ館の設備に、異常は見られない。だが。

一応、イルカ達の様子を確認しておいた方が良い。めったにない激しい物音に、興奮状態に陥ることも、無いわけではないのだから。

パネルを閉め、設備室を出た。

足を室内プールへ。入口の手前で、懐中電灯を消した。非常灯を頼りに、薄闇へと足を踏み入れる。プールサイドで耳をすませた。雨が叩き付ける音、風が渦巻く音。そんな物音の中に、プールの水音が交じっている。その音はリズミカルで軽やか。特に問題は無さそうだ。ただ、いつもより、やや大人しいような……。

当然だ。

梶は頭を振った。本来ならば、四頭分の水音が聞こえてくるところだ。が、今、聞こえているのは三頭分のみ。今、ここに、ニッコリーはいない。

頭に、あいつの姿が浮かんできた。

――ニッコリーッ。

あいつは夕闇に向かって叫んでいた。その気持ちは痛いほど分かる。けれど、何の力にもなってやれなかった。その時から、ずっと、胸の奥に何かがある。はっきりとは表現できない何かが。ただ一つだけ、言えることはある。

「情けない男だ、俺は」

唇を嚙む。その時、奥の薄闇が揺らめいた。

何か動いている。

まさか、イルカなのか。夜中のランディング遊び。いや、そんなことが起こらないよう、プールの水位は調整してある。それは先程、制御盤で確認した。

では、いったい、何が。

慌てて、懐中電灯を付け直した。奥隅へと向ける。明かりの中の光景に息を飲んだ。

誰かが横向きに倒れている。その背中、見間違うわけがない。

「由香っ」

奥隅へと駆け寄る。

傍らに来て、胸を撫で下ろした。床にアウトドア用のマットが敷いてあるのだ。倒れているのではない。眠り込んでいる。どうやら、許可を取らずに、勝手に泊まり込んだらしい。

苦しげなかすれ声が聞こえてきた。

「ニッコリー、待っ……て」

うなされているらしい。両手を強く握りしめ、何度も頭を振っている。それも、頬を涙で濡らしつつ。

傍らに、かがみ込んだ。懐中電灯を足元に置く。

無理もない。梅雨の頃から、準備に準備を重ねてきた。多くの人々の協力を得て。だが、直前になって、こんなことになった。責任を感じて、帰るに帰れなかったのに違いない。

「ニッコリー、戻っ……て」

胸が締め付けられた。胸の奥にあるものが、暴れ出しそうになっている。

自分にとって、こんな夜は初めてではない。何度か、経験したことがある。だから、分かるのだ。嵐が去った明日、おそらく、更に打ちのめされる。こいつは、それに耐えられるだろうか。そして、自分は、それを支えられるだろうか。

「支えないと」

寝顔を見つめた。涙が頬を伝っている。手の甲を、その頬へ。

梶はそっと由香の涙を拭った。

6

静かだ。風の音も雨の音も聞こえない。

室内プールの奥隅で、由香は目を覚ました。

明るい。頭上には朝日に滲む天井パネル。そうだ、昨晩、自分は室内プールに泊まり込んだ。嵐の物音にもかかわらず、疲れで、すぐに寝込んでしまって……。

跳ね起きた。

寝ている場合ではない。あれから、海洋プールはどうなっただろうか。そして、ニッコリーは？　案外、嵐から避難するため、戻って来ているのではあるまいか。

「急がないと」

室内プールから出て、廊下を走る。裏口から館外へ。植栽の垣根を飛び越えた。メイン展示館の角を回って、正面玄関方面へと走っていく。

わけもなく、奇妙な期待感が高まってきた。

ニッコリーは、既に、自分を待っているのではないか。浜辺へと出ると、すぐに近寄ってきて「嵐って怖いよねえ」なんて顔付きをするのだ。で、「来るのが遅いよ」

とばかりに、非難がましげに鳴く。でも、構わない。今日だけは何をしても、構わない。戻って……戻って来てくれさえすれば。

正面玄関の門へ駆け寄った。力を込めて門を開ける。浜へと出た。

「何、これ」

浜の光景は一変していた。イルカビーチを邪魔するかのように、焦げ茶色の物が大量に積まれているのだ。それも浜の端から端まで、整然と一直線状に。正体は不明。謎の雑物としか言いようがない。

「誰が、こんなことを」

「そいつぁ、特定できねえな」

チーフの声だ。

振り向くと、チーフが頭をかきつつ、正面玄関の門から出てきた。その背には、先輩の姿がある。

「もう少し近づいて、よく見てみな。ただし、まだ、手は触れねえ方がいいぜ」

謎の雑物へと寄ってみた。木の幹や枝が多い。だが、それだけではない。黒いブリキの缶も交じっていた。その下にはビニールのシート。ペットボトルも転がっている。

「こいつぁ、海のゴミ。漂着ゴミって言うんだがな」

「でも、大きな木の幹までが」

「自然由来のゴミなら、別に珍しいこっちゃねえや。森から川へ。川から海へ。全ては海に流れつく。昔からな。だが、問題はそこじゃねえ」

チーフは黒いブリキ缶を指さした。

「人間由来のゴミだって同じこと。適切に処分されねえと、最後には海へと行き着いちまう。普段、こういったモンは大海原を漂ってんだけどよ。様々な条件——風向きや風速、波に海流、潮の満ち引き——なんかが重なっちまうと、浜へと打ち上げられちまう。で、波が引くと、まるで、誰かが並べたみてえになる。雑然としたものが、整然と並ぶんだよ。なんとも、皮肉な光景なんだがな」

チーフはため息をついた。

「ただ、これほどの量は、久し振りだな。今回は台風崩れの熱帯低気圧。まともだったうえに、大潮と重なっちまった。それがあるのかもしんねえ」

チーフは振り向き、先輩の方を見る。「どう思う」と言った。

「おめえの意見をきかしてくんな」

「やはり、その……時間の問題が」

「そうだな」

チーフは身を戻し、漂着ゴミの列を見つめた。腕を組んで、何やら考え始める。しばらくして、「仕方ねえ」とつぶやくと、自分の方を向いた。

「心して、聞いてくんな。イルカビーチのことなんだが」

「延期ですか」

「いや、中止する。今年の夏はやらねえ」

由香は息を飲んだ。

チーフは本気か。思いもせぬ事態が起こっていることは理解できる。だが、多くの人の支援と協力で、ここまでこぎ着けたのだ。延期ならともかく、中止は無い。

「あの、ニッコリーがいなくなったためですか」

「それだけなら、勘太郎を代役に立てるっちゅう手もあらあな。他にも、いろいろとあってな」

「チーフ、海洋プールは壊れてないです。ゴミなら、皆で協力すれば。業者さんにも頼んで。数日ほど延期して、やれる事柄だけでも、部分的に実施。そうすれば」

「そりゃあ、無理なんだよ」

チーフは弱り切った表情を浮かべ、先輩の方を見やった。そして、その腕を軽く叩く。「頼まあ」と言った。

「おめえから説明してやってくんな。俺ァ、館長と相談して、今後の段取りをつけなくちゃなんねえ。なにしろ、これだけの量となるとよ、ちょっと、ごたつくかもしれねえんでな」

そう言うと、チーフはまた頭をかきつつ、アクアパークへと戻っていく。こんなチーフは、今まで見たことがない。多少の支障なら、何とかしてやり遂げようとするのが、チーフの性分なのだから。だが、こうなっては、もう先輩に訴えるしか手は無い。

先輩へと駆け寄る。腕をつかんだ。

「先輩、中止はやり過ぎです。『海の再生を伝える』という目的は、どうするんですか。それに、今日にでも、ニッコリーは戻って来るかもしれないです。いつでも、イルカビーチが開始できるように、準備しておかないと。そうでないと……」

そうでないと、ニッコリーは戻ってこれないかもしれない。

ニッコリーは海洋プールから飛び出し、大海原へと旅に出た。その出発地の景色は、イルカビーチの景色なのだ。景色が違ったものになってしまえば、どこへと戻るべきなのか、ニッコリーは分からなくなってしまう。

先輩は黙っていた。答えてくれない。腕を揺すって催促すると、先輩は、もう一方の腕を上げ、海洋プールを指さした。

「確かに、浮き桟橋自体に被害は無い。だけど、よく見ろ。待機エリアの内枠の位置、沖合のフロートの位置、かなりズレてるだろ。おそらく、アンカーが外れたんだろうな」

「それは、補修すれば」

「それだけじゃない。沖合にあるフロートの周りを見ろ」

沖合に目を凝らした。

昨日の光景と少し違っている。何やらフロートの周囲に集まっているのだ。

「あれも漂着ゴミ。これ程となると……おそらく、これから数日、いや、一週間近く、漂着ゴミが押し寄せる。これまでの経験から言えば、ほぼ間違いない」

唾を飲み込んだ。一日だけの話ではないのだ。

「当たり前だけど、海を漂うゴミは分別されてない。危険な人工物が交じってることもあるし、毒性の強いクラゲ類が流れ着くことだってある。けれど、最大の問題は、もっと根本的なところにあるんだ」

「根本的なところ？」

「ゴミは、長時間、海を漂ってた。当然、大量に塩分を吸っている。この塩分が処分の支障になるらしい。細かなメカニズムは分からないけど、俺自身、一度、市の担当者に『焼却炉が傷むことが』なんて言われたことがある。で、満潮線の外側まで引き上げて、しばらく天日干し。塩抜きをすることが多い。ちなみに、日本全国、海岸線では似たような問題を抱えてるんだ。むろん、場所によって、頻度や量は違うけど」

ゴミの天日干し。信じられない。

「人気の無い海岸とか、離島とかでは、大揉めになることがある。自治体の間で漂着ゴミの押し付け合いが始まってしまう。原則論でいえば、海岸線の管理者は都道府県、ゴミ処理は市町村。行政対応も、ややこしい。つまり、海のゴミはただのゴミじゃない。『海のゴミ』という名の、極めて特殊なゴミなんだよ」

先輩はため息をついた。

「俺だって、イルカビーチは実現したい。けど、こうなると、やるべきことが、いろいろと出てくるんだ。まずは、漂着ゴミの片付け。たぶん一週間近くかかるだろ。それに目処をつけ終えてから、再び、海中チェック。念入りにやる必要があるから、数日かかると思った方がいい」

「でも、それだけなら」

「勘太郎を代役に立てるにしても、海洋プールに慣れさせるトレーニングが必要だ。おそらく、ニッコリーのようにはいかない。もし、ニッコリーが戻ってきたとしても、健康状態を確認しなくちゃならない。先生に血液検査を頼んで、数日間、様子を見た方がいいってことになる」

それはまさしく自分の仕事だ。けれど、考えてなかった。

「そうこうしているうちに、設備のレンタル期限が来る。夏休みも終わる。そうなれば、人の手配や広報、海岸使用の許認可関係も大きく変わってくる。冷静に考えれば、今の時点で中止を決断するしかない」

反論できない。先輩の説明は理路整然としている。

「ニッコリーが戻ってきた時、戸惑うから――なんて考えてるなら、大丈夫。海洋プールは、しばらく、このままだと思う。漂着ゴミの片付けは、桟橋があった方が効率的だから。心配するな」

先輩はのぞき込むように自分を見る。そして、言った。

「行こう」

「あの、行くって、どこへ」

「アクアパークに戻るんだよ。修太が今、公園の管理事務所と協議してる。その内容を踏まえて、チーフが館長と相談。方針が確定すれば、俺達は関係者にイルカビーチの中止を連絡しなくちゃならない。一般広報ルートでも、今日中に発表した方がいい。

遅れれば、遅れた分だけ、混乱を招く。分かるだろ」

分かる。けれど。

「行くぞ」

先輩に腕をとられた。唇を噛む。

由香は目をつむって、浜に背を向けた。

7

今夜は満月。沖合は驚くほど明るい。懐中電灯をつけるまでもない。

由香は浮き桟橋の説明デッキに座っていた。

デッキの一画、ここだけは手すりが外してある。それに代わって、設置されたのが、デッキと海面をつなぐ階段付き昇降手すり。漂着ゴミの片付けでは大いに活躍した。が、片付けも一段落。明日、桟橋は全て解体される。

「今日で、最後か」

脇の給餌バケツを手に取った。バケツを胸に抱いて、月明かりの海を見つめる。ニッコリーは、この桟橋から広い海へ旅に出た。明日、この景色は一変する。ニッコリーが戻ってきたとしても……。

胸元の給餌バケツを強く抱いた。バケツが鳴る。

「ニッコリー」

空を見上げた。大きな月、きらめく星々。ニッコリーも、この下のどこかにいるのだろうか。そして、また、陽気に鳴いたりしているのだろうか。

月が滲む。星もまた、滲む。

顔を戻して、目をこすった。給餌バケツの縁に額をつけ、顔を伏せる。魚の匂いが鼻をくすぐった。ニッコリーが大好きなアジの匂いだ。

「情けない……な」

脳裏に昼間の出来事が浮かんできた。

今日、館長と二人、改めて、辰ばあちゃんに会いに行った。これまでのお礼と、イルカビーチ中止のお詫びに。ばあちゃんは言ってくれた。

「私達のことはいいんだよ。大変だったねえ」

だが、その時、思ったのだ。厳しい言葉の方がいいと。自分はニッコリーを引き留められなかった。イルカビーチをだいなしにし、地元に芽生えかけた活動を潰してしまった。なぐさめなど不要。皆にけなされ、罵倒《ばとう》された方がいい。

再度、給餌バケツが鳴る。足音がした。

「やっぱり、ここだったのか」

顔を上げる。桟橋通路から人影が近づいてきた。薄闇の中とはいえ、誰か分からないわけがない。

「先輩、どうして、ここに」

「探したんだよ。荷物があるのに、館内にいないから」

先輩は傍らで腰を下ろした。給餌バケツへと目をやる。

「ヒヨロが言ってた。最近、夜になると、給餌バケツが一個、足りなくなるって。毎晩、ここに来てたんだな」

涙が落ちた。

泣きたくはない。自分は水族館のスタッフ。感情に溺れたくはないのだ。なのに、なのに……涙が勝手に出てくる。そして、一滴、二滴、給餌バケツの中へ。

先輩は視線を月明かりの海へ。独り言のように言った。

「今日、商店会長と自治会長が来た。倉野課長のところに」

「今回の件のクレーム……ですか」

「そうじゃない。『海底写真のパネルを貸してほしい』って。人工海岸ができたばかりの頃に撮影した写真しか無いらしい。泥砂の海底写真だよ。イメージが変わったって言ってた。商店会と自治会で、『里海で遊ぼう会』への参加を呼びかけてくれるらしい。もちろん、倉野課長は大喜び。つまり、イルカビーチ・ザ・トライアルは」

先輩は深く息を吸った。自分の方を向く。

「成果を上げたんだ。自信を持っていい」

自信？　何の？　先輩まで、なぐさめようとしている。けれど、もう、そんなものは、いらない。

給餌バケツを脇へと置く。由香は体を梶へと向けた。

「ニッコリー、消えちゃいました。企画そのものも消えちゃいました。もう、何も残ってないです。私……私、どうすればいいですか？　自信って、何ですか？　これから、私、いったい、何を」

先輩の胸を叩いた。

八つ当たりだ。でも、止まらない。胸を叩く。先輩は揺れた。また叩く。揺れた。

先輩の上着をつかむ。頭をたれた。言葉は出てこない。ただ嗚咽《おえつ》だけが漏れ出る。

先輩が「分かってる」と言った。

「俺達の仕事は、生き物が相手だ。そして、自然が相手だ。思うようになることばかりじゃない。時折、思いもしないことも起こる。つらい時もある。悲しい時もある。

そんな時は、思い切り泣いていい。だけど」

肩をつかまれた。

先輩は真正面から自分を見る。「いいか」と言った。

「泣き終わったら、前を向け」

「それができるくらいなら、最初から泣かないです」

「できなくても、前を向け」

「何、言ってるか、分かんないです」

「俺がいる。ずっと支えてやる」

「支えてやる?」

「一生かけて、支えてやる。何があっても、お前の側《そば》にいるから」

「こんな時に、こんな時に」

由香は再び梶の胸を叩いた。

「何、言ってんだか、意味、分かんな……」
キ、キ、キ。
手を止めた。二人同時に海へと目をやる。

薄暗い海面に、大きな月が映っていた。その月が揺らいでいる。それも、妙に大きく。そして、次の瞬間、突如として月は崩れた。水しぶきが吹き上がる。

「伏せろっ」

即座に先輩は体をひねった。肩を差し入れて、自ら盾となる。頭上からは水しぶき。先輩の肩にも降りかかった。その向こうには、なにやら、黒い影があって……。

はあい、お久しぶりぃ。

「ニッコリーッ」

「ニッコリー？」

先輩は手を離して、振り返った。

ニッコリーは大きく伸び上がって、立ち泳ぎをする。そして、給餌バケツに目を止めた。催促するように前後に体を振る。

それ、夜食？　食べてあげようか。

ニッコリーはのんきそうに、けら、けら、と鳴いた。その瞬間、安堵は一転して、憤りに。頭に血が昇る。

何なんだ、その態度は。

「あんたって子は」

立ち上がって、給餌バケツを手に取った。そして、仁王立ち。ニッコリーと向き合った。もう、切れた。完全に、ぶち切れた。なにが、けら、けら、だ。ふざけるな。どれほど、どれほど、どれほど、心配したと。

「思ってんのよ、馬鹿イルカッ」

ニッコリーに向かって、思い切りバケツを振った。アジをぶちまける。だが、顔の辺りに飛んできたアジを、ニッコリーは平然とキャッチ。

先輩が慌てた様子で立ち上がった。

「おい、落ちつけ。せっかく戻って……」

「先輩もですっ」

鼻息荒く先輩へと向く。

「まわりくどくて、分かんないです。私、馬鹿なんですよ。分かってます？　もっと分かりやすく……だから、だから……はっきりと言えっ」

給餌バケツを持ったまま、先輩の胸をつく。ドン。思いもよらず、先輩は大きく揺らいだ。そして、腕を振り回しつつ、背中から夜の海へ。

「え？　うそ」

派手な水しぶきが上がった。

まさか、ドンでドボーンなんて……慌ててバケツを置き、デッキの端へ。かがみ込んで、海面を見回した。だが、先輩の姿は無い。おまけに、ニッコリーの姿まで無い。今度は、そろって消えた。

そんな。

「こっちだよ」

左側の薄闇で声がした。通路側のデッキ端に手がある。先輩の手だ。

這い寄ると、先輩は床板に頭を出した。そして、体を手すりの下へ。手伝おうとすると、「心配ない」とつぶやき、肘を床板につく。そのまま這い上がるようにして、デッキの上へ。海上に残ったお尻を、ニッコリーがつついた。

いけ、いけえ。

先輩はデッキに上がりきった。そして、体を回転させ、仰向けに。星空を見ながら、息を整えている。

「あの、大丈夫ですか」

「大丈夫じゃないって」

先輩の息は、まだ荒い。

「プロポーズして、夜の海に落ちる。俺くらいだろ」

プロポーズ？　改めて、自分がやったことに気づいた。血の気が引いていく。まずい。言い訳せねば。だが、この状況で言い訳なんてできるのか？

「いや、そういうつもりじゃ」

そういうつもりって、どういうつもりなんだ――自分で自分に突っ込んだ。納得してもらえそうな言い訳を探してみるものの、見つからない。

そんな自分に向かって、先輩は手を差し出した。

「結婚しよう」

「え」

「俺には、格好いい言葉なんて、無理だ。けど、分かりやすいだろう」

言われた言葉が消化できない。結婚しよう……結婚しよう……結婚しよう。頭の中で自問自答した。誰と？　私と。誰が？　先輩が。冗談でしょ？　冗談じゃない。

差し出された手を取る。由香は梶にしがみついた。

「やめとけ。濡れるぞ」

「そんなの、気になりません」

「まだ返事を聞いてない」

「はい、に決まってます」

先輩の腕が自分の背中へ。温かくて、力強い。

耳元で先輩がつぶやいた。

「悪くないな」

「何が」

「今、背で海のうねりを感じてる。で、星空を見ながら、お前と一緒に揺れてる。こんなこと、そうは経験できないだろ」

身を少しだけ起こした。一緒に揺れていることは同じだが、この位置では星空は見えない。床板はよく見えるのだが。

「あの、上と下、交代しません？」

「やだよ」

引き寄せられた。唇と唇、重なっていく。漏れ出す吐息、混じりあう吐息。全てが溶けあっていく。一緒に揺れた。潮風に包まれつつ。二人で揺れた。波音に包まれつつ。

ゆらり、ゆらり。

だが、こういう状況になると、必ず邪魔するやつがいるのだ。自分達の場合、それは決まっている。

キ、キ、キ。
二人そろって、目を海へとやった。そこには、もちろん、ニッコリー。不満そうに身を振っている。

ちょっと。ボクのこと、忘れないでよ。

「俺達のことより、まずはニッコリーだな」

「そうですね」

先輩と一緒に、ゆっくりと身を起こした。二人並んで、身を振るニッコリーを見つめる。先輩が「さてと」と言った。

「取りあえず、浅瀬か」「はい。桟橋を歩いて誘導します」

「そうすると、今晩は」「待機エリア内で、一休みですね」

「プールへは明日だな」「作業前にチャチャッとやります」

「よし。それで行こう」「了解です。では、早速」

二人同時に立ち上がった。

先輩は給餌バケツへ。自分はデッキの端へ。ニッコリーと向かい合い、一緒に移動する時のサイン。人差し指を立てた。その指を浅瀬へ。次いで、自分の胸へ。

「ついて来て、ニッコリー」

桟橋通路に目をやった。

月明かりに浮き桟橋。沖合から浜へと一直線に伸びている。もう、その上をまっすぐ歩むのみ。先輩と二人で。ニッコリーと一緒に。

胸いっぱいに潮風を吸い込む。

由香はゆっくりと一歩目を踏み出した。

エピローグ

雀が鳴いている。まだ眠い。

由香はベッドの上で目をさました。

目に映るはアパートの天井。何の変哲もない。だが、今朝は、なにやら輝いて見える。ゆっくりと身を起こし、枕元の時計を見た。もう十時を過ぎようとしている。だが、今日は久々の休日なのだ。何の予定も無い。

――結婚しよう。

一昨夜の言葉は、今も耳の奥底にある。思い返しては、一人うなずく。結婚しよう。はい。結婚しよう。はい……ああ、にやけてしまう。ずっと、こうして、にやけていたい。

落ち着け、私。由香は頭を振った。

「パンでも……焼こ」

ベッドから出てキッチンへと向かった。トースターに食パンを放り込んで、洗面所へ。歯ブラシを手に取り、鏡の中の自分を見つめた。寝ぼけ顔が映っている。

――はっきりと言えっ。

思い返せば、冷や汗が出てくる。危なかった。普通、プロポーズしてくれた人を、海に突き落とすか。下手すれば、もう一生、言ってもらえなくなるところだった。けれど、先輩は言ってくれた。その場で、自分も返事をした。結婚しよう。はい。結婚しよう。はい……ああ、なんか変。でも、変って最高。

落ち着け、私。由香は頭を振った。

「歯を……みがこ」

手を練り歯磨きへとやる。その時、部屋の方で電話が鳴った。

先輩からか。

いや、それは無い。今日、先輩は協会関係の会議で、一日中、海遊ミュージアムにいる。夜まで電話できない、と言っていた。それに、先輩ならば携帯の方にかけてくるはず。鳴っているのは固定電話なのだ。とすれば。

「久美子《くみこ》かな」

親友の久美子には、休暇の予定を話してある。長話の相手を求めて、かけてきたのかもしれない。あの夜の一件については、まだ誰にも話していない。話せば、久美子は驚くだろう。信じないかもしれない。

「何の問題も無くて順調。そう言わなきゃ」

頭の中でしゃべる内容を練りつつ、おもむろに部屋へ。と同時に、電話機は留守番録音に切り替る。甲高い電子音を発した。

慌てて駆け寄り、手を電話へ。

「わしゃ」

スピーカーから聞き覚えのある声が聞こえてきた。

息を飲む。父さんだ。

「最近、さっぱり連絡をよこさんな。どういうこっちゃ。母さんも心配しとる。近況を報告せえ。電話でもメールでもええから。用件はそれだけや。ええな」

電話が切れる音。続いて、録音終了の電子音が響く。

電話機を見つめつつ、腕を組んだ。

何の問題も無い？　いや、大アリではないか。難敵がいる。水族館を毛嫌いする父親が。やたらと、見合いの釣書《つりしょ》を見せたがる母親も。二人には先輩のことを話していない。となれば、今後、いろいろ面倒が出てきそうな気が……。

「ま、いっか」

組んだ腕を解く。ベッドへと飛び込んだ。今は、いいでしょ。今日は一日、甘い気分に浸らせて。

頬がまた緩む。由香は枕を抱きしめ、目をつむった。

〈参考文献〉
『水族館学』（東海大学出版会）
『イルカ・クジラ学』（東海大学出版会）
『続イルカ・クジラ学』（東海大学出版会）
『さくらじまの海』（いおワールドかごしま水族館）
『うみと水ぞく』及びメールマガジン（須磨海浜水族園）
その他、多くの水族館、水族園の広報物を参考にさせていただきました。

本書に登場する水族館は架空のものであり、実在はしません。しかしながら、近海でのイルカ遊泳を試み、それによる行動変化を研究している水族館は実在します。
（企画名称『ドルフィンコースト』）。
須磨海浜水族園（https://kobe-sumasui.jp）
同園は海浜公園再整備事業に伴い、二〇二一年春頃より段階的に閉館されることが公表されています（二〇二四年春頃、民営化にて再開予定）。長年にわたる様々なご示唆とご教示に、改めて厚く御礼申し上げます。

※　※

なお、今般、全国各地にて多くの水族館が休館を余儀なくされました。今なお、休館又は時間短縮等のところもあるようです（原稿執筆時点）。
水族館の仕事は生き物が相手であり、事情を問わず、手を抜くことは許されません。水族館スタッフの方々は、以前と変わらず、全力を尽くされています。そのお姿には、敬意を表せずにいられません。言わずもがなの事柄かもしれませんが、筆者として、改めて、ここに一言申し添えます。

本書は書き下ろしです。

実業之日本社文庫　好評既刊

木宮条太郎
水族館ガール6
派手なジャンプばかりがイルカライブじゃない――アクアパークのイルカ・ルンのおなかに小さな命が。出産に向けて前代未聞のプロジェクトが始まった！
も46

阿川大樹
終電の神様
通勤電車の緊急停止で、それぞれの場所へ向かう乗客の人生が動き出す――読めばあたたかな涙と希望が湧いてくる、感動のヒューマンミステリー。
あ131

伊坂幸太郎
砂漠
この一冊で世界が変わる、かもしれない。一瞬で過ぎる学生時代の瑞々しさと切なさを描いた一生モノの傑作長編！　小社文庫限定の書き下ろしあとがき収録。
い121

佐藤青南
白バイガール
泣き虫でも負けない！　新米女性白バイ隊員が暴走事故の謎を追う、笑いと涙の警察青春ミステリー！　迫力満点の追走劇とライバルとの友情の行方は――？
さ41

知念実希人
仮面病棟
拳銃で撃たれた女を連れて、ピエロ男が病院に籠城。怒濤のドンデン返しの連続。一気読み必至の医療サスペンス、文庫書き下ろし！（解説・法月綸太郎）
ち11

実業之日本社文庫　好評既刊

知念実希人
時限病棟
目覚めると、ベッドで点滴を受けていた。なぜこんな場所にいるのか？　ピエロからのミッション、ふたつの死の謎…。『仮面病棟』を凌ぐ衝撃、書き下ろし！
ち12

千早 茜
桜の首飾り
あの人と一緒に桜が見たい――気鋭作家が贈る、桜の季節に人と人の心が繋がる一瞬を鮮やかに切り取った、感動の短編集。（解説・藤田宜永）
ち21

原田マハ
星がひとつほしいとの祈り
時代がどんな暗雲におおわれようとも、あなたという星は輝きつづける――注目の著者が静かな筆致で女性たちの人生を描く、感動の7話。（解説・藤田香織）
は41

原田マハ
総理の夫　First Gentleman
20××年、史上初女性・最年少総理となった相馬凛子。夫・日和に見守られながら、混迷の日本の改革に挑む。痛快&感動の政界エンタメ。（解説・安倍昭恵）
は42

原田ひ香
三人屋
朝・昼・晩で業態がガラリと変わる飲食店、通称「三人屋」。経営者のワケあり三姉妹と常連たちが織りなす、味わい深い人情ドラマ！（解説・北大路公子）
は91

実業之日本社文庫 も47

水族館《すいぞくかん》ガール7

2020年7月25日　初版第1刷発行

著　者　木宮条太郎《もくみやじょうたろう》

発行者　岩野裕一
発行所　株式会社実業之日本社
〒107-0062　東京都港区南青山5-4-30
CoSTUME NATIONAL Aoyama Complex 2F
電話［編集］03(6809)0473［販売］03(6809)0495
ホームページ　https://www.j-n.co.jp/
DTP　ラッシュ
印刷所　大日本印刷株式会社
製本所　大日本印刷株式会社

フォーマットデザイン　鈴木正道(Suzuki Design)

ISBN978-4-408-55601-7（第二文芸）